司命

（下）

就算走不完萬里山河，
看不遍大千世界，
但能守得自己這一片心的安寧，也沒甚不好……

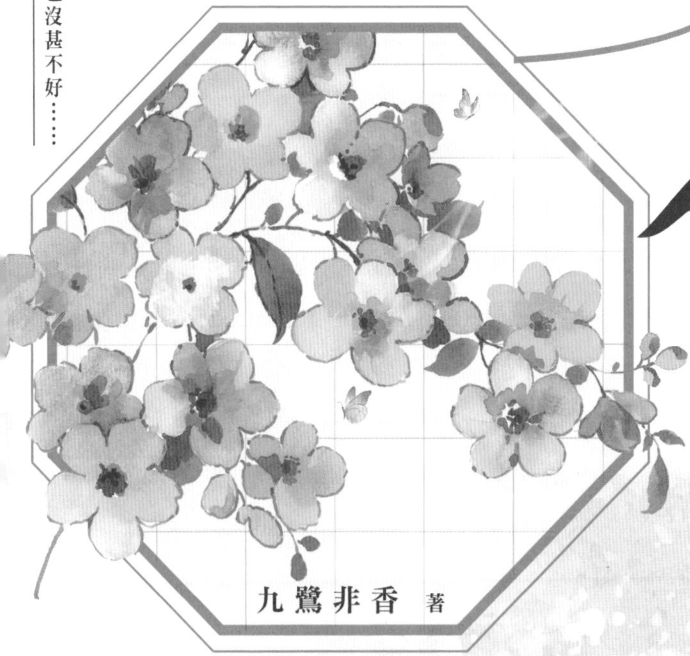

九鷺非香 著

司命目錄

第十章 誰都不許娶！

無極荒城中，漫天紅沙依舊飛舞得歡樂。

女怨目送長淵、爾笙走入荒城結界之後，將舉著的小人頭放下。城門沉重地合上，她孤單地站在巨大城門下，傻傻地望著城門上斑駁的紅漆發呆，一身的紅衣好似要融進城門之中。

旁邊的守衛們喚了她幾聲，她也不搭理。大家都熟悉這個城主飄忽不定的怪脾氣，此時自然不會計較，都擺了擺手，幹自己的事去了。

風沙捲過，揚起她寬大的衣襬，女怨握著小人頭輕輕撫摸，口中翻來覆去地呢喃著一句話，教還未離開的守衛們聽出了些許悲傷的意味。

「生死相隨，可否……」也不知她是在問誰。

女怨一直站著，直到城樓上的鐘鼓響起，她眼眸終是動了動，回過神來。望了一眼永無黑夜的天空，女怨脣角一動，漏出一聲淺淺嘆息。她腳尖一轉，正要往回走，忽聞城門之外傳來「卡卡」的聲響。

在荒城中生活了幾百年，從未聽過城門外面傳來任何響動，女怨眼眸一厲，立時戒備起來，豎了耳朵，更加仔細地探聽城外聲響。耳畔風聲嘶嘶，城門之外卻再無動靜，就像是剛才那一聲響動是女怨產生的錯覺一樣。

她皺了皺眉頭，轉身離開。

就在須臾之間，女怨剛背過身去，荒城城門驀地發出一聲巨響，被一股極大的力量猛地推開，城門之外的黑暗再次出現，風沙像逃一樣奔入無盡的黑暗之中。

女怨心下怔愣，吃驚地轉過頭去，卻見一個藍袍男子一身是血地出現在黑暗中。他像是一個浴血歸來的將軍，每一步走得鏗鏘而堅定。

見那人身影越走越近，女怨不敢置信地瞪大眼，看痴了一般呆住。

荒城守衛們聽見城門的響聲，皆急急忙忙地趕過來，見到如此場景也都呆住。這些守衛們多是在荒城中待了許久的人，以前那些囂張的惡霸氣焰都被消磨得差不多了，此時突經變故，不由得慌張起來。

「怎會有人闖入荒城結界！外面的世界毀了嗎？」

「城主！出事了！出事了！」

「城門踢壞沒！壞了咱上哪兒找木頭補！這又不是石頭的城樓！」

然而這些嘈雜只有一句傳到了女怨耳朵裡——

「墮仙長安！那是墮仙長安！」被他捉進荒城來的人們惶然地喊叫。

墮仙長安……

「長安，長安，你的名字唸著真平和，我也想要一個這麼平和安樂的名字。阿蕪、阿蕪，這名字叫起來就像是什麼都沒有一樣。」

「阿蕪挺好，簡潔大方，我很喜歡。」

女怨尚記得，那時的長安是怎樣摸著她的頭頂，在和煦的陽光中笑得溫暖。已有多久沒有記起這些往事了，女怨想，若是以後不再看見他，恐怕至死她也不會再想起這些事情的。因為，當時有怎樣的幸福，現在便有怎樣的孤寂痛苦。

踏入荒城之內，城門在身後二度合上，長安迎著眾人驚疑不定的目光，執著地向著自己要尋的那人慢慢走去。他每向前走一步，血便順著他的腳步滴落在紅沙鋪成的地上，印下鮮紅的腳印。

女怨便呆立在原地，眼睜睜地看著他走向自己，感覺自己的手腳漸漸無力。原來長安是長這個樣子的，女怨想，原來在她記憶中的長安，不知從哪一年開始已經變成了一團模糊的影子，帶著陽光的溫度像是沒有面目的火焰一樣在心口灼燒。

「阿蕪。」長安伸出雙手，他像是從血池裡面撈起來一般，沒有哪一處是乾的，但偏偏是這樣狼狽的面孔卻揚起最開心的笑容。「我來接妳了。」

女怨的目光從他蒼白的雙手慢慢挪到他被血糊了的眼睛上，像聽不懂他說的話一般，木然看著他。

長安仍舊一步一步執著得近乎固執地向女怨走來，然而卻在他指尖快要觸碰到女怨臉頰之時，他眼前一花，身子驀地軟了下去。在眾人都認為長安會摔倒在地之時，女怨忽然向前邁了一步，堪堪接住長安軟下去的身子，摟了一懷血腥之氣。

荒城眾人瞠目結舌，四周皆靜默下來，不敢相信他們的城主竟會做出這樣的舉動，擺出這樣的表情……

「阿蕪。」長安昏迷之前，倚在女怨耳邊輕輕說道：「我們回去。」女怨沉默許久，終是說出了他們再見後的第一句話：「回不去了。」

長安無力抬起雙手，只有緊緊地捏住她的衣袖，一個勁地重複：「我們回去……」像是害怕被丟下的小孩。

「回不去了。」

這話清晰得殘忍，不知輕重地拉扯著曾經的傷口，讓她疼得顫抖，而長安已經在她懷中暈了過去。

在那處靜靜立了一會兒，女怨扶著長安站起身來，環顧四周，見眾人皆是一副見了鬼的表情，她沉著臉，聲色一如既往的陰氣沉沉。「都愣著幹麼？這是你們城主的男人，還不快來見禮。」

眾人的下巴默默掉了下去……

女怨霸氣地一仰腦袋。「備轎，把我男人抬回去。」

在另一個地方，開滿白花的遍野之中，長淵與爾笙向著紅光射出的地方前行。

爬上一個小土坡，爾笙看見坡下的另一番景象，不由得吃驚地瞪大眼。「這是……什麼？」

一個巨大的圓形湖泊靜靜地躺著，湖面的模樣像極了八卦中的陰陽圖，一半是黑的，一半是白的。黑白之中各有一個紅色的圓球在不斷旋轉，兩個紅球發出的光暈集在一起，然後直直射向天空，便是這直入天際的光芒將爾笙他們引了過來。

爾笙好奇地跑下去，仔仔細細地打量著湖中水。「這真的是水嗎？」她好奇地伸手舀了一掌心水，見這湖水通透明亮，與尋常湖水沒什麼區別，心中好奇更甚，伸出舌頭便要舔來嘗嘗。

長淵自她身後走來，抓住她的手。「尚不清楚這是何物，莫入口。」

爾笙聽話地將掌心水倒入湖中，剛站起身，忽然瞅見湖面起了波瀾。爾笙被最近接二連三的意外弄得有點疑神疑鬼，她急急往後退了兩步，擺手道：「有妖怪要爬出來了？我還沒喝啊，真心沒喝啊！」

長淵安撫地拍了拍她的腦袋。

湖中並未像爾笙想像的那般爬出一個妖怪，湖面輕輕蕩漾一番，在白色的那一面投出一片幻象。長淵瞇眼仔細一打量，發現這湖水中投影出來的幻象竟是無極荒城中的景色，漫天紅沙，高大的朱紅城門。

爾笙驚愕地睜大眼。「這是怎麼弄的？像真的一樣。荒城在這湖水裡面嗎？」

長淵靜靜看了一會兒這番景象，目光又落在依舊沉寂如死的黑色湖水上，像是想到什麼，他眸中泛起一絲奇異的波動。

正在此時，爾笙忽然拍了拍長淵的手臂，指著幻象驚呼。「那是長安和女怨，他……他們抱在一起了！他們當真是夫妻！」

爾笙在一旁喃喃自語地猜測著這兩人之前的故事，長淵則若有所思地看著湖。沒一會兒，湖中水又是一陣蕩漾，幻象消失不見，紅光也漸漸消失。

「哎……怎麼就沒了？」爾笙感到十分可惜。

長淵卻忽然道：「我約莫找到了出去的辦法。」

爾笙眸光一亮。「什麼辦法？」

「若是我猜得沒錯，出去的路應當在那道紅光之中。」

爾笙抬頭望向天空，那處已什麼都沒有了：「可是光沒了。」

「不急，既然這光會出現一次，那麼必定會出現第二次。」

「長淵怎麼知道那紅光是出去的路？」

長淵默了默，解釋：「那並非是路，而是陣眼。但凡迷陣必定有陣眼，陣眼便是所有陣法的弱點。無極荒城與萬天之墟同屬封印之陣，乃是天地自成的陣法，數萬年來，不曾有人知曉其陣眼所在，眾人都以為這兩處迷陣是沒有陣眼的，皆道天地之法大妙……而現在看來，事實卻不盡然。」

他望著天空道：「白色湖水既然能映出荒城之中的景象，那麼其必定與荒城有所關聯。此處又有與萬天之墟幾乎一模一樣的封印之力，依我猜測，這兩色湖水，一是無極荒城，一是萬天之墟，一黑一白，一處象徵永夜，一處象徵永晝。是以萬天之墟沒有白日，無極荒城沒有黑夜。」

爾笙眨著眼，看了長淵一會兒。「所以呢？和咱們出去有什麼關係？」

長淵本講出了些許興致，覺得自己能推斷出其間關係是件驕傲的事，但突然被爾笙這麼直白地一問，他噎了噎，輕咳一聲道：「也就是說，此處乃是無極荒城與萬天之墟的陣眼。而方才湖水中映出荒城景象時，紅光出現了，但在景象消失之後，光便也消失了，可見那光是此湖與外界連接的媒介。若是我們能進得了那光之中，說不定也能出去了。」

爾笙繼續眨著眼，望著長淵。「可是那光消失了。」

「……總會再出現的。」

找到了出去的方法，但能讓他們出去的紅光卻消失了，兩人無奈之下只好坐在湖邊，遙遙望著天空，等待紅光的再次出現。

暖風徐徐地吹，爾笙生出了幾絲睡意，她腦袋一偏一偏地往長淵那方倒。長淵本皺眉注視著湖中兩個紅色的光球，神色間帶著些許沉凝，一個不經意間，眼角餘光瞥見爾笙閉上了眼、一歪一倒地想要睡覺，他目測一下爾笙離他的距離，然後不動聲色地往她那方移了幾分。

爾笙腦袋搭下，剛好落在他的肩頭。

柔軟的黑色髮絲落在他頸間，掃得他的心緒也跟著柔軟起來。長淵腦袋輕輕地往爾笙那方偏了偏，貼著她的頭頂蹭了蹭，雖然沒有笑，但眼中盡是饜足。他像是個偷了糖的小孩，得意地享受著此刻安逸，就算飛過他們面前的白色花瓣全化成了灰，他也覺得此景甚美。

長淵想，就算走不完萬里山河，看不遍大千世界，但能守得自己這一片心的安寧，也沒甚不好……

正想著，爾笙嘟了嘟嘴，發出一聲模糊的呼喚。

「肉……」她咂巴著嘴，像是在回味著什麼。

長淵默默地望了一會兒遠方，然後擦了擦自己的手指，放到爾笙嘴邊。爾笙嘛著唇碰到長淵的手指頭，而後老實不客氣地一口含進去，像孩子一樣津津有味地嘗著。

長淵見她睡得踏實了，也沒把自己的手抽出來，任由爾笙一會兒舔、一會兒咬。

若是以後能與爾笙一直這樣坐著也不錯。他想。她餓了，他餵就是。

暖風習習，不知吹了多久，湖中兩個紅色的光球驀地一閃，只見兩束紅光自球中射出，然後於空中交會在一起，直入天際。

長淵的目光在黑色的那一半湖中停留一會兒，像是下了什麼決心，一聲淺淺的嘆息，最後才晃了晃爾笙的腦袋，將她喚醒：「咱們該走了。」

爾笙迷迷糊糊地坐直身子，她揉著眼道：「該上學堂還是出去打妖怪？」話音未落，她驀地省悟過來。「不對，是紅光出現了嗎？走走，趕緊的！待會兒又不見了！」

「不可魯莽。」長淵拉住爾笙。「我們尚且不知隨著那光會走到何處，且容我先探探。」

爾笙撓了撓頭。「外面是刀山火海也得去啊，總比一直困在這個地方來得好。」

長淵無奈搖頭。「妳這莽撞的毛病卻是與司命一樣……」

「誰和她一樣！」爾笙一聽這話就炸毛了，拽了長淵的衣領，一副要揍他的模樣。「我說了不會准她入門的！誰和她一樣了！除了我，你誰也不准娶。」

長淵立馬嚴肅地附和。「誰都不娶。」

爾笙這才放開長淵，替他理了理衣襟道：「雖然以前老聽見無方山的女弟子們說男人都是騙子，但是我相信長淵不是一般的男人，你一定不會騙我的。」

長淵認真地點頭，隨即道：「妳先等等，我先去探一下那紅光。」

「有危險嗎？」

「沒有。」

「那我在這裡等你。」

長淵縱身一躍，直奔那柱光束而去。

爾笙乖乖地坐在湖邊等長淵回來，她望了一會兒白色的湖水，見裡面還沒有投出荒城的景色，便把目光挪到黑色湖水那邊。長淵說，這是與萬天之墟相通的湖水。

萬天之墟，囚龍之地。

爾笙用力地望往湖中，但除了一片漆黑，什麼都沒有。爾笙想，長淵便是在這樣的環境中過了數萬年嗎？那得有多孤寂……

「沒錯，定是十分孤寂的。」

不男不女的聲音再次在心中響起，爾笙嚇了一跳之後，馬上恢復平靜。人總是會在不斷的驚嚇中學著習以為常。她摸了摸自己跳動正常的心口，平靜道：「你說了只在我心中活動的。」

「沒錯。」那物答：「爾笙，此時妳聽到的是妳的心聲。」

「心聲？」

「是啊，長淵獨自在萬天之墟中待了數萬年之久，那裡一片漆黑空無，比死還要寂靜，若是尋常人怕是早就瘋掉了。畢竟在那樣的地方，誰還會以為自己是活著的。」

爾笙忽然想到自己小時候，父母剛去世那段時間，她獨自一人窩在屋子裡面，餓著肚子望著滿室清冷，哭腫了眼。她盯著漆黑的湖面，想著長淵變成大黑龍的模樣，孤單地蜷縮在黑暗中，心中猛地一抽，她自言自語地呢喃：「他在小時候肯定也悄悄哭過……」

「僅憑一紙虛無的預言，眾神便道天地將毀於神龍爪下，所以上古神龍慘遭天罰而滅族，僅剩的血脈也被永囚萬天之墟。爾笙，妳不替長淵感到冤枉嗎？」

爾笙想到許久之前在回龍谷的時候，看見的那幾欲衝入天庭的龍柱，還有長淵冷冷說著「天罰，無錯也得受著」，爾笙如今回憶起來那樣的神色，仍舊想抱著他摸摸。

「幸好，長淵已經從那裡出來了……」

「此言差矣。」那物怪笑道：「永囚萬天之墟乃是天罰，九重天上的神仙閒得無聊了，總有一日會派人將他捉拿回去。只要長淵還是神龍，萬天之墟還在，他此生便免不了坎坷，更過不安穩。」

爾笙面色一白，心中起了大怒。「可是長淵已經被關了那麼多年，就算有罪也該都贖完了，更何況他根本什麼錯都沒有！」

「長淵自然沒錯，錯的是天命。」那陰陽難辨的聲音忽然變得尖銳，緩了一會兒，他怪笑幾聲又道：「爾笙，若能救得了長淵，保他日後逍遙度日，妳可願全力幫他？」

「你問的是廢話。」

「嘻嘻，現在機會便來了。長淵不能改變自己神龍的身分，但若萬天之墟消失了，沒有地方能囚著他，妳說……」

話未完，意已到。爾笙眸光一亮。

那物活在爾笙心中，自然知曉她的心意，他愉悅地哈哈大笑起來。「此地乃無極荒城與萬天之墟的陣眼，但凡迷陣，陣眼一破則迷陣必破，即便是天地自成的陣法也不例外。爾笙，這兩處陣眼近在咫尺，妳且看那湖中紅色光球，打碎它，萬天之墟便不復存在，日後妳與妳的長淵便也能過上安穩的日子了。」

毀了它們……爾笙本還有些遲疑，但那雌雄難辨的聲音一直在心中叫囂，聲色越發尖利，不知不覺中，爾笙的眸中竟生出些許戾氣。

沒錯，她想，長淵不該被囚在那裡，他那麼溫柔善良的一個人被冤枉地囚禁了那麼多年，現在應該獲得自由。

她往前走兩步，掌中凝聚起一股靈力。

那物又道：「以妳現今靈力定是不足以打破陣眼的，但有幸的是，妳手上這鈴鐺乃是鎮守萬天之墟大門的靈物，與其氣息相和，若是將靈力灌入此鈴之中，以鈴擊之，陣眼必破。」

爾笙果然照著他的話做了，她提氣縱身，躍於湖中光球之上，而後將全部的靈力都灌入鈴鐺中。

尖利的聲音在她胸腔裡叫囂：「吾且助妳一臂之力！」

話音剛落，爾笙只覺一股沉悶的氣息強硬地湧入她的經脈之中，與她自身的靈力混雜在一起，隨著她運的氣走遍她身體裡的每一條經絡。胸腔處撕裂一樣地疼痛起來，爾笙不由得悶哼出聲。

那物在她腦海裡怪笑不斷。「且想想，妳這一擊下去，長淵日後再不用受此囚困之苦了。」

爾笙咬牙強忍，任由胸腔中炸裂一般疼痛，她將所有力量都集中在右手上，然後蠻橫地灌入銀白的鈴鐺之中，隨著靈力的湧入，鈴鐺的顏色越變越深。

「打！」

爾笙大喝一聲，對準紅色光球打去。

「砰！」一聲巨響，黑色的湖面騰起一片水霧。

須臾過後，水霧散去，天際紅光依舊，湖面上的兩個紅色光球依舊好好地浮著，沒有半分損耗，但爾笙卻不見蹤影。

白色的湖中淺淺映出荒城的景色，景象流轉，竟是女怨坐在長安床邊細細撫摸著他的鬢髮。

無極荒城之中，大地輕輕地一抖，有的人感覺到了輕微的震動，但等了一會兒，見沒什麼怪事發生，便都以為是自己的錯覺，又玩自己的去了。

對於他們來說，現在最大的新聞有：一、城主救了人，那人叫長安，是個墮仙。二、墮仙長安從城外走了進來。三、城主和墮仙長安曾經是夫妻。

這三條中的任何一條對於荒城中人來說都是一個巨大的刺激，更遑論三條竟然同時發生了。

眾人議論紛紛，在荒城城樓下有難得的熱鬧。

然而外面的熱鬧並不能打擾到女怨，此時她正坐在長安身邊，盯著他的面容，好似在鑒定此人真假一樣，仔仔細細地打量。地面微微一抖，她恍然回神。荒城之中根本就不會有地動，此時一抖看似普通，但卻一定是出了什麼大事。她做城主多年，出了事第一個往前衝幾乎成了她的習慣。當下她將衣裙一拂，起身便要出去，哪想手腕卻被一握，躺在床上那人不知何時竟已醒了。

女怨怔住，對上他的眼，腦中便是一片空白。

「阿蕪。」

她默了許久，道：「我叫女怨。」

「阿蕪……」對於她的淡漠，長安有些難過地降了聲調，這一聲「阿蕪」喚出去，竟像是小動物在嗷嗚嗷嗚地叫著，帶了一些可憐的意味。

「女怨。」她抽出手，面上表情冷硬，聲音中竟是不可違逆的生硬。

長安緊緊看著她。女怨垂了眼眸，推門出去。

「阿蕪。」長安揚聲喚道：「我是來接妳的。」

跨出門檻的身影一僵，她在荒城沒日沒夜飄著的紅沙當中揚起了衣袖。血紅的大袖，在風中顫抖著飛舞。

女怨輕聲說著：「第三遍，回不去了。」

話音一落，她紅色的衣袖便也化作了沙，與天空中飄落下來的沙混作一堆。

長安瞳孔緊縮，他眼睜睜地看著女怨的身影在荒城蒼白的光影下慢慢化沙。從衣袖到手掌，然後是整個手臂、半個身軀，都變作了紅沙隨風而去。

僅剩一半人面的女怨側過臉來，逆著光，聲色是一如既往的陰冷：「我乃荒城城主，城中紅沙便是我，我便是沙，我與城早融為一體，分割不開了。」

長安喉頭一梗，聽她清晰得殘忍地說道：「我是女怨。阿蕪，早死了。」

爾笙是被長淵拖上岸的，她難看地翻著白眼，吐著泡泡，長淵用力在她腹部一壓，爾笙「哇」地一口吐出了積水，然後趴在一邊難受地嗆咳起來。

長淵粗粗喘了幾口氣，在此地使用神力讓他備感壓迫，才兩招下來便已極是吃力。

待氣息慢慢平穩下來，他轉頭打量還在咳嗽的爾笙。爾笙不會泅水，甚至可以說是怕水的，所以在落入湖中的那一剎那，她停止了所有反抗，幾乎是本能地抱住他的腰，就像是抱著救命稻草一樣死死扒住；但在之前，長淵卻是結結實實地接了幾招爾笙的反抗。

長淵眉頭緊皺，他看著爾笙脖子上一條條黑色的線順著她的脈絡，清晰得駭人地布滿整張臉，線條的顏色由深變淺，最後慢慢聚攏，消失於她的眉心。爾笙嚶嚀一聲，漸漸轉醒。

看著爾笙捂著胸口難受地喘氣，長淵眉頭皺得更緊了，他沉聲問：「為何突然擊打湖中紅球？」

長淵本在上方探尋著出去的方法，忽覺下方竟有股邪氣瀰漫，慌忙趕下來一看，才發現竟是爾笙在對萬天之墟那片湖水發難。若不是他險險擋住了爾笙那一擊，如今此地還不知會變作什麼樣子。

爾笙嗆咳了幾聲，好不容易才緩過神來，像是被漿糊黏過的腦子也慢慢變得清醒。她盯著長淵嚴肅的面色，掙扎著坐起身子道：「我想毀了萬天之墟，這樣長淵以後就不用再被追殺了。」

長淵面色一冷，神色間是對爾笙從未有過的嚴厲。「何人告訴妳那樣做可以毀了萬天之墟？」

以爾笙的閱歷，最多看過幾本無方山藏書閣中的一些凡間傳說，她怎麼可能知道應當如何運用陣眼破解天地迷陣？更不會知道萬天之墟與其守護之鈴相生相剋這種事情。而且方才他阻攔爾笙的時候，長淵明顯感覺到她與平時的不同，招式邪異古怪，斷不是無方山的招數，更不是他早期教她的龍族禦敵之術。

若不是有人在背後搗鬼，爾笙怎會突然學會那麼多東西？還有方才消失在爾笙眉心的黑線，若是他想得沒錯，那應當是邪魔之氣。

長淵看著支支吾吾不敢答真話的爾笙，面容沉凝。

到底是哪裡出了差錯……

爾笙沒料到長淵居然會生氣，她有點委屈又有點害怕。委屈的是，自己分明是為了幫他才做這事，他非但沒有感動，還出手打斷她的行動，現在更是一臉興師問罪的模樣；害怕的是，如果把自己死而復生，身體裡還有另外一個人的事跟長淵說了，他會有多擔心……

「是我自己想到的。」

「撒謊。」長淵冷冷道：「如實說。」

爾笙被長淵強硬的態度刺出了幾分脾氣，她一扭頭，望著湖面，生硬道：「就是我自己想到的。這處既然是陣眼，當然便能有破陣的辦法，我胡亂打著玩的。」

這是爾笙頭一次和他這麼頂嘴，長淵唇角一緊，心裡難過之餘又起了幾分不知所措。但這事事關重大，絕不能草草了事。

長淵面色更冷了下來，嚴肅道：「若我真是信妳此言，便真是痴傻呆蠢了。

妳若是胡亂打著玩，何以會想到動用手上銀鈴？妳可知方才舉動實乃擾亂天地秩序之大罪！萬天之墟與無極荒城相生相成，一晝一夜，一陰一陽，固守天地平衡，毀其一則令天地失衡。彼時，天下大亂，萬物凋敝……」

「我只是……」爾笙忽然大聲打斷長淵的話，她緊緊盯著他，眼睛紅了一圈。「這些我都不知道，我只是替你覺得委屈……我只是，不想你再被關著了。孤零零的，很難受。」

長淵眼眸一顫，望著爾笙，靜默無語。

爾笙不是司命。司命是神，心懷萬物，萬事以大局為重；爾笙是人，她站不到那麼高，看不見天下蒼生，她只看見了長淵，遇見了長淵，為他憤怒，為他不平，為他心疼。

憋了許久，爾笙終是忍不住心裡的委屈，啪答啪答掉下淚來。長淵即便有再大的火氣，此時也都煙消雲散，心裡唯剩一層層無奈夾雜著可恥的溫暖，令他深深嘆息。

「我……」長淵探出手去碰爾笙的臉頰，卻被她一巴掌拍開，長淵抿了抿脣，心中無奈更甚。「我錯了。」

爾笙初時還只是默默抹淚，一聽長淵示軟道歉，立馬嚶嚶哭出了聲，大有不停不休的架勢。長淵呆了一會兒，手足無措地想去拉她，但又害怕被打，在旁邊歪著腦袋打量了爾笙一會兒，又道：「真的錯了……」

爾笙像是被傷了心，又不知被勾起怎樣的心緒，越哭越傷心，怎麼都停不下來。

「爾笙……」

「我、我停，停不下來，停不下來了。」

長淵愣了一會兒，苦笑著一聲嘆息。他伸出雙手，將她摟進懷裡輕輕圈住，像安慰孩子一樣輕撫著她的後背。「我也只是怕妳出事。」毀了萬天之墟，天地失衡，那是毀天滅地的大罪。若是爾笙真做出那樣的事，只怕是闢入無極荒城也不足以贖罪了。

他將爾笙靜靜擁了一會兒，待爾笙慢慢停止了抽噎，長淵琢磨一下，還是認為理當將其間因果問清楚。爾笙是怎麼學會了那些邪氣十足的招式，還有脈絡裡浮現的邪魔之氣。

這次長淵的語氣放緩許多，陳述了自己生氣的情理，末了還半是威脅、半是可憐地吐出一句：「若將實情隱瞞於我，我定日日憂心，無法安睡。」

爾笙聽罷這話，在長淵肩頭抹了一臉的鼻涕、眼淚，然後再抽抽噎噎地將所有事都老實交代了。

當初在海上碰見的邪靈珠，而後被孔美人灌下的骨螭內丹，還有幫她補了心的神祕影子。

「毀了萬天之墟的方法，都是他告訴我的。」爾笙指著自己的心口道：「可是長淵你講的這些事情，他都沒有與我說。」

長淵越聽，眉頭皺得越緊。他想，邪靈珠乃是上古邪物，既然它找爾笙做了宿主，哪有那麼容易便被清除乾淨的？即便無方山的仙法清神靜心，也難以根除人本性中的惡念。

想必當初的邪靈珠之氣定是隱藏在爾笙身體內處，當骨蝺內丹被爾笙吃進去時，兩個邪物相遇，合二為一，竟生出了靈識。他寄居在爾笙體內，伺機吞噬宿主，霸占這具身體；而要達成這個目的，前提便是讓宿主入魔，迷失本心。

其實以長淵之力也不是不能助爾笙消除體內邪物，但如今最麻煩的是那邪物幫爾笙補了心，若是強行將其抽離爾笙體內，怕是爾笙也不得活。

「長淵。」爾笙在他面前晃了晃手，喚回他走遠的思緒。「你說我心裡的那東西是妖怪嗎？很壞的妖怪？」

看著爾笙澄澈如水的眼眸，他靜默無言。這樣的爾笙會入魔，變得心智全失，嗜殺成性？

「長淵？」

他摸了摸爾笙的頭，溫言道：「妖怪很壞，所以以後他不管說什麼，妳都不要聽信。別怕，我會找到辦法讓他滾出來的。」

爾笙眨著眼，默了許久，她嘆了口氣，道：「他想讓我毀天滅地，肯定是個不得了的大妖怪。我怎麼就讓這麼壞的妖怪跑出來了呢……」她頓了頓，有些不安地拽住長淵的手掌。「長淵，是不是因為我太貪生怕死了，所以才招來這麼大的麻煩？」

長淵張了張嘴，還沒說話，爾笙便搖了搖頭道：「可是如果再有這麼一次機會，我肯定還是狠不下心讓自己死掉。我想活著，苟且偷生也要活著。」

長淵握緊了爾笙放在他手心裡的手。

「我想和長淵一起快樂地生活下去。」

天際的紅光仍在，長淵帶著爾笙踏空而上，步入紅光最下方。進去之前，爾笙回頭看了看黑白兩色湖面，問：「長淵，若是毀了萬天之墟而天地不會失衡，你會毀了它嗎？」

長淵想也未想地答：「不會。」

這個答案顯然有點出乎爾笙的預料，她驚道：「為何？」

長淵默了許久，認真地看著爾笙道：「可還記得女怨說的話？她道我與她一樣，同是有大怨之人。以後……若是我變得不是我了，至少有一個地方能將我囚住。」

長淵這話說得蒼涼，聽得爾笙不由得心慌。「你被關在裡邊，我一定去陪你，不讓你孤孤單單的。」

聞言，長淵垂了眼眸，掩住心頭湧上來的溫暖，只淡淡「嗯」了一聲。

「走吧。」

長淵牽著爾笙，一步踏入紅光之中，而後逕直飛入天際。

離開這個開滿上古蘭草的封印之地時，爾笙又回頭看了看下方的雙色湖泊。白色的蘭草花瓣紛紛揚揚地撒過湖面，白色湖水中，女怨躲在城牆的一個角落任淚落了滿面。

第十一章

易子而食

長淵是被臉上奇異的觸感弄醒的，他睜眼一看，是一個一、兩歲的小孩正在用舔得晶亮的手指頭戳他的臉。對上長淵驀地清醒過來的眼神，小孩怔愣了一瞬，然後還不會說話的他「呀呀」叫起來，手指頭更是一下一下狠狠往長淵頭上戳去。

長淵默默挨了幾記，見小孩樂夠了，便捉了他的手，自己一翻身坐起來。環視四周，只見這處是一個破破爛爛的茅屋，家裡除了茅草，別的什麼都沒有，真正的家徒四壁。

長淵沒看見爾笙的身影，正欲起身，忽覺手指一重，竟是那一、兩歲的小孩滾在地上，咬住他的手指，嘴脣蠕動，吮吸著他的指頭，就像是吮吸著他媽媽的乳頭一樣。

長淵無言地盯了他一會兒，發現這小孩並沒有放開的自覺，肅容道：「休得放肆。」

小孩哪會聽他的話，兀自吸得歡樂，咂巴著嘴，一副極為滿足的模樣。

這……該如何是好？長淵覺得自己該給這個肉球一點兒顏色看看，但是又覺得他像泥做的，輕輕一捏便會碎掉，彼時爛了一地的肉，實在不雅……

正為難之際，門口突然響起「砰」一聲，碎裂的清響引起長淵的注意。他回頭一看，見一個衣衫襤褸、面色蠟黃的女子呆呆地望著他，愣在門口，她的腳邊是一個摔裂了的陶碗。

咬住長淵手指的肉球見到來人，嘴一鬆，一屁股坐在地上，他也不哭鬧，嗷嗷嗚嗚地叫了兩聲「姐唧」，便手腳並用著向那女子爬去。

女子見孩子離自己越來越近，她下意識地往後退了兩步，但又像是想到什麼，她一咬牙，頂著長淵的目光，急急跑上前來，一把摟住小孩便往門外跑。腳步踉蹌，神色慌張。

長淵心中起了疑，也跟著走出去。破茅屋外是一條死寂的小巷，剛走出巷口，他便看見爾笙呆呆地站在街邊，像木頭一樣失了神。

他環視四周，整個大街上一片死寂，偶爾在房屋底下會傳來幾聲細碎的呻吟、咳嗽。空氣中充斥著屍臭和焦糊的味道，在不遠的一角，有人正架著火在焚燒著東西，散出一陣陣黑煙。

眼前這些景象一如多年前發生殭屍之亂時那般，但是長淵清楚地知道，這次並非邪魔作怪，而是瘟疫。這裡沒有邪氣、妖氣，只有人類的絕望和數不盡的壓抑。

「爾笙。」

聽聞熟悉的呼喚，爾笙微微一顫，她轉過頭來，眼中空洞一片，而眼底卻隱隱壓抑著驚惶。「長淵……我們真的出了荒城嗎？」

「此處沒有紅沙，亦無封印之力，是人界。」

長淵的記憶停留在他們踏入紅光之中的那一刻，隨即黑暗襲來，他意識便沒了，再醒來時已是此地。

「人界……人界……」爾笙反覆呢喃著這兩字，不敢相信一般。

長淵伸手摸了摸爾笙的腦袋，他心知此情此景定讓她回憶起不好的東西，剛想安慰她兩句，忽覺眼角餘光中一個女子身影慌張跑過。他眸光一凝，牽了爾笙的手道：「且隨我去看看。」

僻靜的角落，兩個女子手中各抱了一個小孩，兩人都神色委靡，磨磨蹭蹭了許久。爾笙正不解之際，卻見她們將自己懷裡的孩子交換過去。小孩離開親人的懷抱，開始不安地叫嚷起來，兩個女子不約而同地失聲哭泣，神色間的絕望痛苦難以言喻。最後那年長一點兒的女人終是背過身，狠心離去。

女人走後沒多久，小孩便不依不饒地哭鬧起來，抱著她的女子便也跟著一起大哭，但是沒哭多久，她卻將孩子放在地上，手中抱起一塊石頭，竟是作勢要生生砸死小孩！

爾笙大驚，喝道：「妳要幹麼！」她身形一閃，急急衝上前去，劈手打開女子手中的石塊，隨即抱起地上的孩子。她罵道：「這麼小的孩子，妳也狠得下心！」

那女子被爾笙打翻在地，她彷彿連爬起來的力氣都沒有了，埋頭在地上哭得可憐。「我、我也沒辦法……已經好久沒吃東西了，父親已經得病去了，家中母親快要活活餓死，相公又染上了病，我真的沒法了，真的沒法了……」

爾笙聽得心驚。「妳……竟想殺了小孩吃？妳……」她猛地驚悟。「難道方才那女人與妳換了孩子，也是想吃掉？」

女子掩面痛哭。「畢竟是親人……我怎麼下得了手，只得與別人易子而食。」

長淵眉頭猛地蹙緊，爾笙臉色刷地白了，將懷裡的孩子扔到長淵手上，扭身就跑，逕自往方才那女子離開的方向追去。

女子仍舊趴在地上低聲哭泣，長淵望了她一會兒，問：「何以不離開此地，另謀出路？」

「城門在疫情散播開之前便關死了，大家都出不去，沒有糧食也沒有藥，死的人越來越多……」提到這事，女子哭得更加傷心。「聽說城郊的鹿山上便有治疫病的藥，只要能得到藥，大家都能得救；但、但那可恨的城守，他害怕疫病擴散到其他城鎮，害怕以後上面追究……他不肯放任何人出去，大家都只能被圈在城裡，即便沒有染上病，也得被活活餓死！」

長淵聽罷，默了許久，他把孩子放到女子身邊道：「照顧好這孩子，今夜在此處來取藥與糧食。」

女子望著長淵的背影，出神了許久，她回過頭來，又緊緊盯著還在哭鬧的小孩。她想，或許她的弟弟已經被別人吃掉了，或許這個人只是個騙子，城門緊閉，他又怎麼出得去？丈夫與母親生命危在旦夕，這小孩是她用弟弟換來的，她應該把他殺了吃……

她撿起眼前的一塊石頭，手用力得發抖。長淵知道她在做什麼，但是遠去的腳步卻沒有停止。

小孩哭鬧不斷，女子高高舉起的手在半空中停了很久，最終她還是扔開石塊，抱起了孩子貼著他的臉，與他一起嚎啕而哭。

長淵想，人這種東西，雖然有時脆弱，有時低賤，有時無恥可笑，但在偶爾，那一瞬間的選擇依舊讓他感覺到美好。

他找到爾笙的時候，爾笙正對著四個面黃肌瘦的人說道：「今天晚上，我會把藥和食物送進來給你們，你們看好小孩，不許把他吃掉！」末了，她又補上一句：「你們要是吃了他，到時候我就在你們面前使勁吃東西，或是把糧食燒掉，總之半點不分給你們！」

聞言，長淵在心底輕笑。

爾笙安撫好了那幾人，轉過身來便看見長淵在後面等她。兩人互相望了一會兒，爾笙不厚道地笑了。「長淵，我想幹壞事了。」

長淵點了點頭。「我也正有此意。」

「聽說囤積的糧食和治病的藥草都在鹿山中。」爾笙想了想。「似乎這裡的城守也正躲在那裡，我覺得這樣可不大好。師父曾與我說過，入了無方山的門便是無方山的弟子，要與無方山共存亡的。我琢磨著一個門派的弟子都該有這樣的節操，那麼受著百姓供養的城守自然也該有這個節操才是。我們要不把城守也帶回來吧，長淵覺得如何？」

見爾笙一臉正色地說出這番話，長淵眼底漾起笑意。「甚好。」

傍晚時分，安居於傲城城郊鹿山別院之中的傲城城守莫名失蹤了，山上藥草也被採摘了一大半；倒是糧食並未囤積在城守別院裡，而是放在距傲城很近的一個軍營之中。理所當然的，軍營也遭竊了。

夜幕慢慢落下來，一道黑色的影子劃過傲城上空，撒下了糧食與藥草。城中民眾皆稱看見了神龍蹤跡，以為是天神來救自己了，忙對著天三叩九拜，感激涕零。

爾笙坐在長淵的龍角之間，看著被打暈了、綁作一團的城守，咯咯笑得厲害。她狠狠掐了一把城守肚子上的肥油道：「這個傢伙是個沒血性的窩囊廢，還沒打，他就哭著求饒了。也難怪，他這麼厚一層皮，我估計就算是一鱗劍砍下去，他也只會流油，流不出血了。」
金色的眼眸微微一彎，算是捧場地笑了。
待到了城守府邸，長淵落下，他接了爾笙，也不管城守像肉球一般「噗」地摔在地上，痛得清醒過來。
長淵輕拍了拍爾笙的掌心。「摸著髒。」
爾笙任由長淵拍了一會兒，她問：「我摸了這個男人，你吃醋了？」
長淵一怔，隨即點頭道：「吃醋了。」
爾笙眼眸一亮，嘴角不受控制地咧開來，抱著長淵一個勁地蹭。「長淵吶，相公吶，沒想到你已經這麼喜歡我了，有沒有愛入骨髓？有沒有刻骨銘心？」
由著爾笙膩著他蹭了許久，蹭得他心跳微微變快，他索性一把抱住爾笙，一口咬在她嘴脣上，在她的脣邊說道：「有，都有。」
溫熱溼滑的舌頭不經意間觸碰到爾笙的脣畔，他像是突然領悟到什麼一樣，用舌尖舔過爾笙脣畔的弧度，然後微微深陷，進入了她的嘴裡。
爾笙一驚，下意識地往後退，長淵略帶強硬地摁住爾笙的後腦杓。「別動，我似乎……琢磨出了點兒東西……」
爾笙果然不動了，身子繃得死緊，牙關咬得更緊。
長淵努力了一番，無法繼續深入下去，他終是無奈地放開爾笙，眼眸中升騰起一股莫名的曖昧淫意。他有點委屈地喚了一聲不配合的女主角。「爾笙……」

爾笙依舊死死僵硬著身子。

兩人大眼瞪小眼地看了一會兒，長淵一聲嘆息，掛出一絲苦笑。「慢慢來吧。」

爾笙的情緒也慢慢放鬆，她抿了抿脣，回憶一番剛才的動作，認真問：「方才我是應該張開嘴嗎？」

長淵也迷茫地皺眉想了許久。「……或許該。」

「咳……咳咳！」

一個聲音突然打斷他們之間的探討，肉球城守憋得一臉豬肝紅，待發現自己笑出了聲引來兩人注意後，他又嚇得面色慘白。

「大俠！大俠！別殺我，小官不是有意的啊！你們繼續親著，小官啥都沒瞅見。」

爾笙一拍腦袋。「對了、對了，長淵，還沒收拾完他呢。」

長淵不悅地睇了睇眼。「我來動手吧。」

城守嚇得面如土色，鼻涕、眼淚橫流，一個勁地求饒，但這兩人只是把他綁在主廳的椅子上便離開了，別的什麼都沒做。城守兀自愣了一會兒，突然想到城中疫病尚在，他如今一人被綁在這裡，彼時得了病死了都沒人知道。他尿了褲子，哭道：「大俠！你們回來，小官知道那種時候該不該張嘴！小官知道後面該怎麼做……小官都知道啊！你們回來！」

長淵與爾笙都自詡為有節操的人，自然不屑於去理會這無良城守的懇求，兩人手牽手，頭也沒回地走了。

找到今日要易子而食的兩個女子以及他們的家人，將食物與藥草分給他們，爾笙與長淵剛離開，便聽見身後重重磕頭的聲音。兩家人皆道長淵與爾笙是上天派來救他們的，對上蒼感激涕零。

爾笙還在臉紅，不大好意思接受這樣的感激，長淵反而沉了臉色道：「傲城瘟疫乃是天命所歸，死傷之人也皆是天命註定，爾等至親之人的生死皆繫於一本命簿之上寥寥幾筆，上蒼無情，天地不仁，為何還要言感謝？」

這些人哪裡想過這些，一時都被長淵問得愣住。

爾笙聽罷這話也是一怔，她突然了悟，原來長淵心中一直是恨著自己被束縛的命運。即便現在他已經出了萬天之墟，重獲自由，但在內心深處，他始終放不開「註定」二字，始終怨恨著上天那一句薄涼的預言。

場面靜默了許久，終是由爾笙打破了，她大聲道：「你們且記住，救了你們的不是天地，不是上蒼，更不是所謂的神仙，只是……」爾笙眼珠轉了轉，笑道：「只是一對平凡的夫妻。妻子心地善良而且長得漂亮，容貌傾國傾城、閉月羞花、天下無雙；她丈夫英俊瀟灑、風流倜儻、驚才絕豔，世間無人出其左右。」

這算……哪門子平凡的夫妻？

長淵望著爾笙，嘴角動了動，卻是把這句話嚥下去。見爾笙一臉半是調皮、半是驕傲的模樣，長淵心頭微微一癢，那些不平與憤恨都因著這一癢隨風散去。

爾笙一口氣把自己能想到誇人的詞都唸了出來，唬得眾人驚嘆不已地望著她。她得意地一仰頭，牽了長淵的手便大步走開。「咱們是低調的人，做好事不能留姓名的，趕快趁夜離開這裡吧。許久沒見師父、師姊了，我怪想念他們的。待我們回無方山與他們道了別，我便拋開一切與長淵你一起遊歷山川湖海可好？」

長淵搖了搖頭。「那樣是好，但是此事尚未完全解決。」他遙遙望著城門的方向道：「我們劫了軍營裡囤積的糧草，但那些糧草只是解了燃眉之急，頂多維持城中幾日口糧，數日後若城門仍舊緊閉，城中百姓只怕也得活活餓死。」

爾笙神色一凝，她琢磨了一會兒，道：「乾脆卸了城門吧。」

「不可。」長淵道：「城外既有軍隊駐紮，可見此處乃是軍事要地，此時若卸了城門，日後城中居民便難以抵禦外敵入侵，此其一；其二，軍隊隸屬於官府，城守既下令緊閉城門，定是與軍隊將領串通一氣了的。彼時城中民眾逃散出去，定會遭到軍隊的殺害。」

爾笙無計可施了，她撓了撓頭。「那該怎麼辦？」

「讓他們心甘情願地開門。」

「你是說……」

「那城守尚可利用。」長淵挪開眼神，遙遙地望著遠處，耳根有點可疑地羞紅。「順便……也可讓他把知道的事都吐出來。張、張不張嘴之類的……」

爾笙勇猛地一拍胸脯道：「這事交給我！」

胖子城守被再次利用，爾笙也沒對他客氣，把該問的都問了，該了解的都了解了，雖然聽了個面紅耳赤，但好歹算是對某些事入了門。拷問完城守，她便蒙了面，提著城守去了駐紮在城外的軍隊。爾笙與軍隊的大鬍子將軍做了一番交易——兩日後，用胖子城守換取城門大開。

爾笙心下覺得這個交易可笑得可怕，同為一國之人，區區一個城守的命便抵過一城人的性命。同為人，為什麼一個就那麼貴，一個就那麼賤？父母官？狗屁，有這麼賣兒子的老子嗎？公僕？更是狗屁！有跪著的主子，坐轎子的僕人嗎？

但爾笙也知道，儘管不平，但這就是現實，這就是……命。

兩日後，一隊人馬打開了從外面封上的傲城城門，隨即進了城。爾笙便也依約放了胖子城守，看著他自個兒一步一個踉蹌、屁顛屁顛地往大鬍子將軍那方跑。

爾笙撓了撓頭，正想說自己是個守誠信的人，忽覺眼角餘光閃過一片橙光。她驚駭地回頭一看，卻見大開的城門中竟是一片火光，民房一間接一間地燒了起來！

穿著鎧甲的士兵提著冰冷的刀刃，將意圖逃出城去的民眾砍倒在地。

她心中驚駭，也顧不得要掩飾自己修過仙，提氣縱身飛向離自己最近的一個士兵，將靈力聚於掌中，一掌拍在他的肩頭，直讓他飛出去老遠。爾笙救下了一人，但奈何進入城中的士兵人數不少，四處皆是一片慘叫之聲，爾笙急得雙眼發紅，卻又不知該如何是好。

「長淵！救人！」她大喝一聲，握了一鱗劍便怒氣沖沖地去找大鬍子將軍算帳。

見到大鬍子將軍的一刻，爾笙便一劍劈了他的鬍子，黑乎乎的毛頓時飄了一地都是。周圍的士兵大驚，吼叫著保護將軍，但區區普通人的武藝能奈爾笙如何，兩招下來便被爾笙的靈力打得老遠。

她一劍直指將軍的喉嚨，怒紅了眼。「無恥！我放了肥豬城守，你卻不守誠信！」

那將軍倒還有些風度，目光冷硬地看著爾笙道：「我只答應妳今日大開城門，從未承諾過其他。」

他說的卻是事實，爾笙狠狠瞪著他。「軍隊是守護國家、保衛人民的，百姓拿錢養了你們，是讓你們對他們刀劍相向嗎？還不叫那些混蛋住手！」

「哼，婦人之仁。城中疫病若是擴散，死的遠遠不止這一城之人，此時殺了他們，連帶著將疫病一同燒去，乃是從大局著眼。」

「去你叉的！」爾笙入無方山之後，許久未曾說過髒話，今日卻是氣得什麼都顧不得了。「那肥豬城守也進過城了，為何你不把他殺了？我也在城裡待過，現在又和你說過話了，你怎麼不見得從大局著眼，自刎了事？」

將軍一生冷哼。「我乃大啟國鎮南將軍，升斗賤民，蜉蝣之命，豈能與我相比？」

城中火光慢慢蔓延，漸漸燒上了天，傲城之中人們的哭號幾乎絕望得令人感到窒息。

「不能與你相比？」爾笙眼眸之中忽的有一絲狠戾的邪氣，她握著一鱗劍的手有些發抖，似乎在極力遏制著什麼慾望。「那麼我便明確地告訴你，如果傲城中的人都死了，我便要你與你的軍隊一同陪葬。」

映著火光的一鱗劍抵上大鬍子將軍的喉嚨，刺破他的皮膚，一道紅色的血液順著將軍的脖頸流下。看著爾笙這般神色，歷經沙場多年磨礪的大鬍子將軍也悄然流了一身冷汗，溼了後背。他不由得噤了口口水，喉結的滾動讓爾笙的劍尖刺得更進去了一些。

「我說到做到。」

場面一時死寂。城守抱成一團縮在士兵的重重保護之中，瑟瑟發抖。他不解，為何此刻這女孩身上突然多出了那麼多……殺氣？讓人不由得心底發寒害怕。

「叫他們都住手。」爾笙再次說道，語氣中是不可違抗的命令。

「大膽刁民！」有士兵在喝罵。「竟敢威脅我大啟將軍！」

爾笙眸色一冷，揮手間便是一記靈力殺去，力道之強，令那士兵飛出去十來米，狂吐鮮血，暈死過去。

「為何不殺了他？愚昧迂腐的人，死不足惜。」

雌雄難辨的聲音再次在爾笙心中響起，這次聲音近得更像是在她耳邊輕言一樣，令她渾身一顫，幾乎要控制不住地想一劍刺死眼前的將軍。

她不該殺人，爾笙清楚地知道，這些人雖然可恨可惡，視人命為草芥，但是她不該殺了他們，她沒有讓人失去生命的權利。她要是那樣做了，和這些人又有什麼區別……

「妳若不殺了他們，他們殺人便是受到朝廷的保護，受到王法的容許，他們不會受到任何處罰，並且以後的日子會過得更好，活得心安理得。」

爾笙握著一鱗劍的手顫抖得更厲害了。

「妳瞧瞧他們在幹什麼。」

腦海中突然飄過男人、女人驚恐的臉，小孩破碎的哭聲，被一刀斬斷的背脊，和老人被砍下的頭。爾笙想要大叫，但卻怎麼都叫不出來。她感到自己喉嚨中腥甜一片，好似怒得想要掀了這天。

那聲音接著道：「那些人命該如此？被屠戮，被殘殺？他們做錯了什麼？爾笙，妳感覺到他們的驚惶和絕望了嗎？為何不殺了眼前這些屠夫，還世間一個清靜？」

閉嘴……

「爾笙，既然天理不存、王法不在，妳還在顧忌什麼？殺便只能用殺來阻止。」

閉嘴。

「這世間存在的罪惡，不該毀滅嗎？」

閉嘴！

爾笙捂住了頭，一掌又一掌狠狠擊打著自己的腦袋。「閉嘴！閉嘴！不准再說了！」

那大鬍子將軍見爾笙突然收了劍，又莫名其妙地發了狂，他心中一喜，忙抓緊機會，就地一滾，逃到一邊，隨即被重重士兵圍了起來，將他護住。

大鬍子將軍認為自己已經安全了，他大喝一聲：「斬此妖女者，重重有賞！」

周圍的士兵得令，一湧而上，都想取爾笙的項上人頭。

此時，風忽然安靜下來，爾笙站在那處不動了，垂下的髮絲遮擋了她的臉。此時沒人想去看見她的表情，大家都想殺了她，然後領賞，僅此而已。

當最快的那把刀砍向爾笙時，突然狂風大作，吹起的沙塵一時迷了眾人的眼，只聽得一聲淒厲的慘叫，眾人回過神來，便看見爾笙一劍劃開一名士兵的肚子，內臟流了一地，士兵在地上淒然慘叫，翻滾許久而不得死。

腰斬……

眾人只覺胃部寒涼，齊齊驚駭地看向爾笙。

她眉心一朵黑色火焰狀的印記尤為醒目，像是要焚毀一切的狠戾之氣，令人為之膽寒。

陰陽不明的聲音在爾笙腦海裡桀桀怪笑著。

「該毀滅的，徹底毀滅。」

城中的士兵並不是那麼好收拾，長淵要顧及普通的百姓，不可一舉將其打倒。鹿山那方傳來的陣陣邪氣讓長淵心中憂慮，可是即便他已經盡了最大的努力，當他找到爾笙之時，仍舊慢了一步，那一處土地，已經完全被血浸淫了。

空氣中瀰漫著刺鼻的血腥味，難聞得令人噁心欲嘔。

爾笙抱著膝蓋，孤零零地坐在散亂著人類屍體的一片狼藉中，一身被血染溼的衣裳紅得怵目驚心。她將頭埋在膝間，看起來竟像是在哭。

長淵心中一緊，喉頭一梗，一時間竟不知自己該做何舉動。他在爾笙前方靜靜立了一會兒，終是邁開步子走到爾笙身前，他蹲下身，猶豫了一會兒，探出手去想要摸爾笙的腦袋。

爾笙好似感應到什麼，默默偏了偏身子，躲開長淵的手。

長淵指尖一僵，頓了一會兒之後，更是堅定地將手放到她的頭髮上，一如往常般親暱地揉了揉。爾笙頭上也凝了不少血，長淵輕輕一摸便染了一手猩紅。他平靜道：「不怕，我在。」

樣。

爾笙依舊埋著頭，不願抬起來，好似自己看不見，這裡就什麼都沒發生一

長淵將她血糊糊的腦袋摁進懷裡，笨拙地輕拍著爾笙的背，一遍又一遍地在她耳邊呢喃：「爾笙，長淵在。不怕。」

僵硬的身子在他一聲聲呼喚中漸漸軟了下來，爾笙極力壓抑的嗚咽啜泣聲也慢慢洩漏，穿過長淵的耳畔，像是一隻長著鋒利指甲的手狠狠掐住他的嗓子，捏住他的心房，隨著爾笙傳來的呼吸，與她一同難受。

「我……停不住。」片刻後，爾笙總算是能勉強說出話來了，渾身劇烈地顫抖著，語無倫次道：「我回、回過神，就這樣了……他們求我，那麼求我……可是、可是停不住，手不聽我的，我怎麼都停不住。」

「不怪妳。」長淵輕拍著她的背，努力讓自己清晰冷靜地說：「是妳體內邪氣作怪罷了。」

爾笙背脊一僵，她伸手輕輕推了推長淵，自他懷中抬起頭來，血紅的眼呆呆地望著長淵：「我這樣……也只是邪氣作怪嗎？」

青黑的絲線在爾笙皮膚下竄動，一縷一縷皆匯聚於她眉心處黑色火焰一般的印記。

長淵狠狠一怔，有些不敢置信地觸碰爾笙眉心的印記，指尖與印記相接觸

的那一瞬，尖銳的刺痛突然扎入長淵指尖。他放下手，表情沉凝下來。

這天下只有一種印記會與神力如此水火不容、互相排斥，即便長淵再如何不願相信，事實也擺在這裡了。

爾笙墮仙入魔，從此之後只怕會漸漸失了本心，變作一個只會殺戮的……怪物。

「長淵……」爾笙見長淵沉默不語，心裡不由得生出了怯意，她拽緊長淵的衣袖，努力壓抑著聲音中的顫抖和懼怕：「我知道我現在長得不好看，又髒又邋遢，也知道我做了很可怕的事，但是……」

爾笙埋下頭，看著自己沾滿血腥的手弄髒了長淵不論何時都一塵不染的衣裳，她的眼淚啪答啪答地便落了下來。「你能不能不要嫌棄我？別人都可以，但是你能不能不管我變成什麼樣子，都一直陪著我？」

爾笙有勇氣接受一切嫌惡，膽敢面對所有的背叛、失去，因為她還有長淵。她的堅強和防備可以抵禦全部的指責謾罵，不怕任何失去，只是除了長淵。因為太過在乎、過於依賴，所以，一旦他不在，她的世界就徹底分崩離析了。

不用任何攻擊，便能輕易地置她於死地。

長淵靜靜看了她一會兒，他的手穿過爾笙的髮，攬住她的脖子，讓她的頭微微往自己這方傾了傾。接著，溫熱的唇畔輕輕貼上她的額頭。黑色的火焰印記叫囂著刺痛他的唇，長淵卻好似沒有感覺到那刮骨的疼痛一般，輕輕呢喃：「承君一諾，生死相隨，不離不棄。」

長淵不知道自己有多喜歡爾笙，也嘴笨地從沒對爾笙說過什麼好聽話，但是他願用一生一命，許爾笙一世心安。

傍晚時分，兩人終是決定離開這個修羅場。

隨著爾笙的心情漸漸平復，她臉上的黑絲逐漸消失不見，眉心的火焰也淡得幾乎看不出來，眼中的血紅褪去，又恢復了黑白分明的清明模樣。

爾笙挺直著背脊，看了看這一片自己屠出的血腥地，默默地跪下，正正經經地叩了三個頭。

「我會贖罪的。」爾笙貼著地面輕聲道：「我會贖罪的。」

長淵看著她彎得卑微的身體，忽然想到女怨的「預言」。照如今這情形來看，爾笙日後定是免不了牢獄之災，但慶幸的是，不管是萬天之墟還是無極荒城，他都已去過。

爾笙不知自己跪了多久，直到長淵將她扶起，道：「聽說墮仙長安三次成仙、三次墮魔，既然如此，這世間便肯定有破除魔印之法，我們去尋就是。」

爾笙想了想：「長淵，我們還是先回無方山吧。無方山藏書閣之中的書也有不少記錄了關於長安的事情，我們先去翻翻，興許能找到什麼線索；又或者直接問問仙尊，應當比我們漫無目的地去尋要好上許多。」

長淵自然沒有異議。

兩人走後，在血腥之味飄散的地面上，一堆殘肢突然莫名動了動，忽然，一隻手驀地從斷肢中伸出來，隨即另一隻手也探出來，用力地刨開肢體。

一陣努力之後，胖子城守氣喘吁吁地自屍體中爬出來。他滿身的血，但卻沒有受更多的傷，只是臉上的驚恐懼怕仍在，好似魂都嚇掉了一般，喃喃自語著：「無方、無方……無方山修仙的……要謀反了。」

傲城位於無方山西北方向，距離甚遠，即便是御劍回去也需要一天多的時間。爾笙之前動用靈力過多，走了沒多久便白了臉色，難以繼續，兩人決定到城鎮裡落腳歇息。

一進城，便覺得城中人心有些浮躁，似是興奮，又像是惶然。爾笙一打聽，才知道在她進入無極荒城的那段時間裡，外界居然出了那麼多事。

無極荒城現世，眾妖圍攻無方山卻被墮仙長安擊退，然而長安卻神祕消失在無極荒城的碑中。隨著長安的失蹤，荒城蹤跡再次被無方後山湖水淹沒；但是因著墮仙長安的失蹤，本被震懾住的妖魔再次起了邪念，這次卻沒有明著攻擊，暗地裡捉了不少無方山的小弟子，逼問無方山結界的破解之法，而後又將他們殘忍殺害。

無方山眾長老大怒，請求仙尊下了屠妖令，仙尊應允，此時無方仙山那處正殺得慘烈。

然而就在前兩日，一個名喚孔稚的小仙門掌門聲稱，無方山多年來藏匿無極荒城的入口，有著不可告人的祕密，居心叵測，讓眾修仙門派對其多加防備；又稱無方仙尊壽命早已超過正常修仙者應有的命數，甚至連容貌也百年未曾改變，他沒有飛昇，必定已入魔。

此言一出，修仙界一片譁然。本來欲助無方山除妖的各門派皆退縮下去，緘默不言。一時，無方山陷入以一派之力敵對眾多妖魔的尷尬境地。

爾笙聽聞這些消息，登時急得坐不住了，拉著長淵便又急急地往無方山趕。長淵在無方山陪了爾笙三年，知道無方山的實力，他安慰爾笙道：「小妖怪便是聚集再多也是一群烏合之眾，動不了無方山根本。」但是長淵心裡也清楚，對於現今的無方山來說，真正的威脅在於四處流散的謠言。

小妖怪並不可怕，但是如今若將無方山有所密謀的罪名坐實，以後若無方山面臨真正的危險，也必定沒有人施以援手，那時的孤立無援才是最可怕的。

「不行、不行。」爾笙道：「左右我是怎麼也睡不著的，休息也休息不好，還不如直接往回趕呢。」

長淵淡淡道：「妳能御劍多久？」

爾笙一怔，隨即可憐巴巴地望著他：「長淵……」

兩人對視一會兒，長淵默默挪開眼神。「妳需要休息。」

爾笙喪氣地下垂了腦袋，又幽幽地喚了一聲長淵。長淵耳朵動了動，仍舊面無表情地看著別處。爾笙拽了他的衣袖弱弱地晃了兩下。「長淵，我讓你咬好不好？」

他閉上眼，緊抿著唇。

爾笙失望地放了手，就在那一瞬間，放開的手又被長淵緊緊抓住。爾笙驚喜地抬頭望他，只見他眉目溫和，帶著三分無奈、三分寵溺、三分埋怨地說：「不可以這樣引誘我……」

兩人的脣覆在一起，長淵像是被迫上癮一般嘆息道：「我會抵抗不了。」

最後是長淵化作真身，讓爾笙乘在他的龍角之上，藉著雲層的遮掩，飛向無方山。

第十二章

再回無方

九重天上，常勝天，戰神府邸。

戰神府邸外，十里梅林的紅梅開得正好，映著陽光，香氣襲人。穿著棉白衣裳的女子懶洋洋地倚在一棵梅樹之下，閒閒翻看著命格本子，一邊看一邊咂舌。「嘖嘖，司命星君當真是個刻薄至極的女人，瞅瞅這命簿，如此有愛的兩個傻子，居然讓其中一個入了魔，這後事必定悲慘至極……」

她一指捻住後面一頁，正準備翻，忽聽遠遠傳來一聲輕柔的呼喚。

「三生。」

她的心思一下子便被吸引過去了，抬頭一望，正是她的夫君——戰神陌溪。

三生將命簿隨手扔在地上，站起身來，拍拍屁股便往那邊走，一邊走一邊問：「天帝今日可醒了？」

陌溪點頭。「醒了，但還是不大能下床走動，上古神龍抓出的傷，不好癒合。」他幫三生將落在頭上的花瓣拍落，笑問：「今日不批命格了？」

「去司命屋子裡逛了一圈，偷了幾本命簿回來看，本打算借鑑借鑑，但是瞅著瞅著就忘了時間。」說到這個，三生來了興致，她挽住陌溪的胳膊，一邊往屋裡走，一邊道：「她桌子上放的那本簿子，最是精采。說來司命不愧做了幾千年的司命，下筆著實狠辣。」她眉飛色舞地將今日看到的故事，生動地轉述給陌溪聽了。

聽罷，陌溪愣了很久，隨即正色問：「那女子要入魔了？」

「已經入了吧，大概。」三生攤手道。

陌溪揉了揉額頭。「若是我猜得沒錯，那應當是司命星君下界後，她自己的命格。魔性入心，難以消滅，即便輪迴轉世也不可消解。此時那名喚爾笙的女子入了魔，也就是說，即便以後司命歸位，心中也是存了魔性，更甚者，會由神墮魔。」

三生嚇了一跳。「如此聽來，司命更是活得太沒心肺了一點兒，對自己都下這般黑手！我嘆服！」

陌溪搖了搖頭。「司命雖活得隨興，但在這種事情上還是不會開玩笑的，此事頗為蹊蹺……妳且將那本命簿拿給我看看。」

三生點了點頭，一看手中卻沒了命簿的影子。「呃……」她將自己身上摸了一遍，冷汗一時落下額頭。

她回頭望了望已經走出很遠的梅林，每棵梅樹都長得似曾相識，三生撓了撓頭，哈哈笑道：「方才，我好似隨手將那本子扔在了梅樹下面。」

陌溪無言。

「我一個不小心，就忘了是哪棵梅樹了。哈哈……」

陌溪一聲長嘆。

三生笑臉一垮，拽了陌溪的衣袖，含著一泡淚，可憐巴巴地盯著他道：「司命若是在下面出了什麼事，以後歸了位會不會來殺我？」

「命簿之前便是寫好了的，再如何也是按著上面寫的走，不過是我們無法預測之後會發生什麼罷了。」陌溪想了想道：「此事應當與天帝說說，畢竟事關上古神龍。」

提到這個，三生突然問：「天帝是不是喜歡司命？」

「他拒絕了司命一千多年，應當是不喜歡的。」

「可是，我卻覺得天帝如今的表現竟像是在吃醋吶。」三生瞇眼道：「司命下界應當是件大事，眾神活久了，大都閒得蛋疼，絕不會放過這件可八卦的事，但過了這麼久，也沒見人提過一句。很明顯，或許除了咱們倆，大家都不知道這事；甚至還可能以為司命上次被天帝拒絕之後，傷心過度，喝多了瓊池的酒，仍舊醉著。」

「你想，有本領把司命下界這事壓下來的，除了天帝，還能有誰？」說到這裡，三生皺了皺眉，有些困惑。「但是既然他有心要護著司命，為何還要下界去和人家作對呢？等等！容我想想……」

三生摸著下巴道：「你說，會不會是因為司命一直喜歡他，執著得讓他以為被司命喜歡是一件理所當然的事，他拒絕司命也是一件理所當然的事；但有一天，他突然發現原來司命並不是非他不可，失落感油然而生，像天帝這樣一直站在高處的人肯定更為不爽。」

「司命下界，不久神龍便從萬天之墟裡出來了，然後天帝也追了下去。天帝一邊在天庭裡護著司命，一邊又下去處罰司命的轉世，更有姦情的是，他居然被神龍打得鮮血淋漓地回來了。如今清醒之後，也沒有下令讓天兵天將去捉拿神龍……陌溪，你瞅瞅這像不像一齣丈夫知道自己妻子跟人跑了之後，一邊暗自心痛神傷，一邊安撫著家裡，一邊又想追回妻子，但最後卻被妻子的情夫打得一臉狼狽，而丈夫仍舊礙著妻子的顏面，不願讓家裡人為自己出頭……的戲碼？」

陌溪愣了一會兒，隨即搖頭淺笑。「你上次還說天帝與神龍有不可言說的情愫，今日又如此比喻，天帝聽見了會打妳的。」

「他是天帝，你是戰神，他是搞文的，打不過你這個動武的。我不怕。」三生說得理直氣壯，直聽得陌溪哭笑不得。她也不理他，繼續推理道：「天帝那般剛硬的性子，能忍下自己被打的恥辱而不派人打回去，想必他定是有所顧忌。他一定是怕派天兵天將下去捉拿神龍，會暴露了司命下界的事情……」

「越想越奇怪了。」陌溪笑道：「司命會亂來，天帝卻不會。前些日子聽聞魔界餘孽又開始蠢蠢欲動，若要開戰，誰還有心思去管神龍的事情。左右他跑出萬天之墟的這些日子，也沒有什麼天地異動。」
三生很是失望地嘆息。「竟是個這麼無趣的理由。」
陌溪一陣好笑，戳了戳她的腦門，道：「天兵天將是養來禦敵的，不是去捉姦夫的。」
「可我還是覺得這三人之間有不可言說的姦情，絕對有什麼是我們不知道。」
「三生確實不知道。」陌溪道：「今日我見了天帝，不經意間瞥見了他掌心有一道咒符，現在聽妳這一說，我想，天帝定是把那咒下在司命身上。我雖不知那是什麼咒，但看那複雜的咒印，便知道不會是什麼好東西。若天帝真喜歡司命，又怎會捨得在她身上下咒。」
「下咒？」三生一驚。「可是那命簿裡沒說爾笙被下了咒……啊，難道是傳說中的懲罰？」
天上一天，人間一年，這責罰是天帝下的，所以在天帝昏迷期間，爾笙安然無事地過了三年。如今天帝醒了，想必咒印也會發生它該有的作用了，可是天帝下的這個咒印到底是幹麼的呢？
三生恨道：「這種話本看不完的感覺真心難受！我還是回去找找吧。」
陌溪也點頭贊同。「這命簿確實寫得古怪，理當找來看看。」
「說到古怪，那命簿的字跡也確實古怪得很。」三生道：「我研究了司命許多命簿，沒有哪一本的字是寫得那麼規規矩矩、方方正正的，唯有最開始的那一頁寫的四個字，才有司命自己的風格。」

陌溪眉頭一皺。「那四字是什麼？」

「唔，約莫是叫……天地龍回。」

天地龍回。

陌溪的眉眼沉凝下來。「若是如此，只怕那本命簿的書寫者根本就不是人。」

三生眨著眼想了一會兒。「自然，司命都做了千來年的司命了，怎麼算是個人。」

「我是說，司命給自己批了命格，她想用『爾笙』的這一世達到『天地龍回』這個目的，但是如何達到這個目的卻隻字未寫。」

三生的表情也沉了下來。「那本命簿，是天命？」

天命，誰也料不到後事如何。

「若要讓天地龍回，必得破除萬天之墟對神龍的禁錮，或許連司命也不知道該如何去做，索性便交給上天，讓天命來安排。」

可是天命，向來弄人。

風搖搖晃晃穿過戰神府邸外十里飄香的梅林，帶落了花瓣，晃動了枝椏。一株梅樹之下，藍色封皮的書被一頁頁吹開，翻到中間，後面竟都沒了字。風停下，書頁也停止翻動。

緩緩的，在空白的一頁上，慢慢多出了一行字——

「無方仙山，腹背受敵。」

當爾笙與長淵趕到無方山的時候，無方山弟子與小妖怪們的戰鬥正打得火熱。眾多長老、師父們都沒怎麼出面，好似想借這個機會鍛鍊一下門下弟子。

看見這樣的情景，爾笙便知道無方山的情況遠比外界傳說的要輕鬆多了。她乘在長淵的龍角之上，繞著仙山逛了一圈，忽然之間，她遙遙望見下方樹林中，辰渚正在與一個黑熊怪鬥得火熱，他好似有點消耗過度，應付得有些吃力。

爾笙趕緊喚了幾聲長淵。

長淵對辰渚沒啥好感，頗為不樂意地擺了擺尾巴。爾笙見辰渚確實撐不住了，又急急地拍了拍長淵的龍角。

長淵不樂意地哼哧一聲，最終拗不過爾笙，降下雲頭，隨即一聲令人振聾發聵的龍吟響徹無方山上空。下面鬥作一團的無方山弟子與眾小妖皆被這聲龍嘯嚇得心虛腿軟，沒一會兒妖怪便作鳥獸散，跑了個乾淨。

突如其來的呼嘯不僅嚇壞了小妖怪，更是驚嚇到無方山眾人。但是當他們抬頭來尋的時候，天空中哪還有龍的影子。

爾笙一直認為長淵是個低調的人，全然沒想到他竟會做如此高調的事。回到自家院子後，爾笙張了嘴，還沒來得及問，長淵便答：「這樣比較方便，不耽誤時間。」

爾笙嘛了嘛嘴，想說他方才分明是在使氣，還未開口，「吱呀」一聲，霽靈的房門開了。她披著衣裳站在門口，將爾笙與長淵一同打量了幾眼，表情一如既往的冷淡，但眼眸裡卻藏不住欣喜。

離開無方山這些天，讓爾笙感覺像是過了幾百年的時間，再見到霽靈的一瞬，她脣角遏制不住地動了動，埋頭就撲過去。她抱住霽靈，蹭了許久也沒說出一句話來。

霽靈素日最不擅應付爾笙對自己撒嬌，通常都會冷著臉讓她撒手，但今日卻愣了一會兒，琢磨許久，才略帶青澀地將手放到爾笙背後，輕輕拍了拍道：「回來就好。」

一聽這話，爾笙瞬間便紅了眼眶。「師姊……」

「小耳朵，妳可是算準今日師父會買燒雞？」

隨著院外傳來的這聲大笑，一隻油紙包的燒雞從空中落下來，霽靈伸手接住，以免它砸到爾笙頭上，結果自己卻抓了一手的油。霽靈嘴角抽了抽，冷聲道：「師父！」

沉醉一邊掏著耳朵，一邊從院外大步走進來。「別唸叨，客人在。」沉醉笑咪咪地打量著長淵。「小耳朵，這是誰啊？」

爾笙還在霽靈懷裡蹭，沒有搭理沉醉。

長淵兀自琢磨了一會兒，學著凡人的禮節，抱拳道：「岳父好。」

場面靜默了一會兒，霽靈垂下眼睫，遮住眼中的笑意。

沉醉額上青筋突了突，扶額嘆道：「果真與爾笙一樣是個呆貨德行。」

爾笙在霽靈懷裡蹭夠了，又恰好聽得沉醉如此戲說長淵，便揉了揉眼睛，道：「一日為師，終生為父，長淵叫聲岳父，沒什麼錯。」

見小徒弟如此護著長淵，沉醉心裡有點不是滋味，他瞇眼打量著長淵，暗地裡悄悄探查著他的力量，然而越探，眉頭卻越皺越緊。他一直都知道爾笙吼著要找的「夫君」並不是一般人，從對方送給爾笙的那柄劍便能看得出來，但是沉醉從未想過爾笙的這個夫君竟如此深不可測。

長淵自然知道沉醉對自己的防備，他老老實實地站在一邊，任由沉醉對自己肆意探查。

沉醉探了一會兒，什麼結果也沒有，搖頭嘆道：「丫頭大了，果然是留不住了。小耳朵，妳這才出去多久，這麼快胳膊肘就往外拐了？」
爾笙偏過頭去，解釋：「長淵是內人，我還是向裡拐的。」
她光潔的額頭映著傾瀉的日光，隱隱透出一個烏黑的火焰印記。霽靈晃眼一看，還以為是自己眼花，正待要細細研究時，忽聽三下「登登」的敲門聲。院子裡的四人齊齊轉頭看去，卻見一個身披銀甲、滿面正氣的男子站在院門口。霽靈與沉醉看見他，皆有一時的怔然。
爾笙來無方山三年，從未見過這人，正在好奇地打量，忽聽沉醉道：「掀炎。」
聞言，爾笙也是一怔。
「掀炎」是仙尊的一把靈劍，自仙尊創立無方山以來，便一直供在無方山言歸殿上，經過數百年靈氣浸染，終化劍為靈，成了無方山的又一個象徵，只是百年來從未有人見過劍靈掀炎的模樣。
掀炎對沉醉淡淡點了點頭，道：「仙尊命我前來捉拿罪徒爾笙。」
此話一出，眾人皆是呆怔。
沉醉轉頭望爾笙。「小耳朵？妳出去可是闖了什麼大禍？」
爾笙摸著自己的額頭，點頭細聲應了。她不再解釋什麼，隻身走向掀炎。
「我和你去見仙尊，只是長淵也要和我一起去。」

掀炎的目光在爾笙腰間佩著的一鱗劍上停留一會兒，劍靈與靈劍之間總有種心有靈犀的感覺，他又轉頭看了看長淵，默許了。

見他並不是個固執得如寂悟那般的傢伙，爾笙暗自鬆了口氣，適時長淵卻上前握住她微涼的手指。

「不怕。」他說得堅定，好似已經做好了要與仙尊打一架的準備。「我不會讓別人欺負妳。」

言歸殿。

沉醉與霽靈終是放心不下，一同跟了進來，本還想著為爾笙說兩句好話，不料一進門便見仙尊背著身子望著言歸殿牆上的靈光真圖。

仙尊沒有看進門的幾人，逕直清冷道：「跪下。」一聲似喝斥、似命令的口吻，不知在說誰。

爾笙「撲通」一聲俐落地跪下去，不似往常做錯事、故意裝可憐的乖巧，這次神情嚴肅得讓人感覺她真真是來領罰的。長淵也沒扶她，靜靜地站在她身後。他容不得別人對爾笙不好，也容不得爾笙對她自己不好，但是在發生這麼多事以後，若是爾笙還能如往常一般好好地對待她自己，那麼她便不是爾笙了。

在他看來，爾笙要怎麼贖罪，接下來要做什麼事，都得由她自己決定。

沉醉與霽靈暗自對視一眼，也恭敬地跪下行禮。「仙尊。」

言歸殿中靜默了一陣子，仙尊仍舊望著靈光真圖道：「爾笙，既已墮魔，為何還要回無方山？」

此言一出，霽靈不敢置信地望向仙尊，好半天才敢將目光轉到爾笙身上，而爾笙的沉默讓她的心猛地涼了一截。

沉醉聞言也沉下眼眸，一言不發地盯著跪在前方的小徒弟。

「我若逐妳出門，可有怨言？」

長淵垂下眼眸，他能感覺到爾笙背脊挺得多麼僵直。他心裡比誰都清楚無方山之於爾笙的意義，這裡不僅是師門，更是家鄉。自幼孤獨的孩子，哪個心中不渴望著一個包庇她一切任性和過錯的避風港。

可是如今這個港灣，卻不願再讓她停靠了。

「沒有怨言。」她彎下背脊，俯首在地，以極卑微的姿勢和聲音道：「可是，能不能留下我，不趕走爾笙……」

仙尊好似將那真圖看入了神，許久也沒回答爾笙的問題，最後竟是耗得霽靈先沒了耐性。她張了張嘴剛要說話，沉醉卻輕輕搖了搖頭，淺淺地做著口形——

仙尊心善，最為護短。

正適時，仙尊忽然冷冷道：「陰極而陽，陽極而陰，既然墮仙長安能三次成仙、三次墮魔，可見仙魔本由心生。一念成魔、一念成仙，仙魔並無差異。若是尋得其間承轉之法，應當能解魔印。」他頓了頓，終是轉過身來。「成魔須得九九八十一天的歷練，若是妳能在兩月內尋得破解魔印之法，便可除掉心魔。既不成魔，我便不該逐妳。」

長淵面色一喜，問：「如何破除魔印？」

仙尊這才看了他一眼，道：「墮魔而成仙者，自然懂得其間方法。」此世間墮魔後又成仙的唯有一人，可是那人入了無極荒城，至今沒有下落，爾笙已經沒有時間等他了。

長淵垂下眼眸，正在思索再入荒城的辦法，仙尊又道：「長安係流波仙門弟子，且去藏書閣翻閱流波典籍，興許能探得線索。」

爾笙望著仙尊傻傻呆住：「仙尊……不趕我走了嗎？」

仙尊一揮衣袖，身影霎時消失在言歸殿，僅剩聲音尚迴盪於眾人耳畔——「兩月後，若未褪去魔印，我定逐妳出門，再親手斬妳於掀炎之下。」

爾笙眼眶紅了紅，忍住哽咽，拜道：「謝仙尊相助。」仙尊這席話與其說是在威嚇，不如說在幫她找一條路，擺脫魔氣。

長淵上前扶起爾笙，替她抹掉狼狽了一臉的眼淚、鼻涕。「我們今天就去藏書閣找長安的身世，定不讓那妖物再出來作祟。」

爾笙除了點頭，再沒其他言語。

霽靈皺眉道：「藏書閣中何曾有過古仙門流波山的書籍？若有，為何我從未見過。」

「自是有的。」沉醉道：「歲月過去那麼久，已經沒有幾人還記得無方仙術乃是承襲流波仙法而來。也沒幾人知道，仙尊最初修仙時是拜在流波山門下。」

霽靈眉目中閃過一絲詫然，默了一會兒，她道：「原來師父您偶爾還是能裝出點兒高深莫測的模樣的。」

沉醉扶額嘆息一聲：「我到底是做了什麼孽，怎生收了這樣兩個徒弟……」他看了看抱在一起的長淵、爾笙兩人，又望了望言歸殿外的青天，頗為感慨道：「想必藏書閣最高一層藏的那些陳年舊事，已積了好厚一層塵埃了吧。」

無方主峰巔——

仙尊負手而立，一眼覽盡千里風光。他眉目清冷，看不出一分情緒。

「長武。」掀炎飄浮於空中，沉聲道：「她已入魔，你應趁她尚未修得魔身，將其斬殺，不該輕易放過她。褪去魔印哪有那般簡單，魔氣一旦出現過了便難以消除，否則長安為何會三次成仙又三墮魔道。」

「兩月後，若是她無法消除魔印，我便會動手。」仙尊望著遠處沉默了許久，道：「我絕不允許這世間再出一個長安。」

掀炎心知他心意已決，也不再多言，默默退下了。

爾笙在藏書閣中尋了許久也未曾發現哪本書中記錄了長安的故事，最後還是沉醉爬上最頂層翻了半個多時辰，終於從書架的角落中翻出一本破舊的書籍。藍色的封面上積滿塵埃，吹開灰塵，《流波記事》四字赫然寫於書皮上。爾笙捧著書，將它小心翼翼地放在桌子上，四個人圍著桌子站了一圈，盯著書瞅了半晌，霽靈道：「翻開看看。」

爾笙摸了摸書頁道：「這書舊得好像一碰就會碎掉。」

沉醉哈哈一笑，逕直翻開書頁。「好歹也是記錄仙山歷史的書，滿是靈氣，哪有尋常書籍那麼嬌氣。」

隨著沉醉的動作，封面一開，眾人忽覺一縷夾雜著書香的氣息拂過臉龐，好似一聲書生的輕嘆，而那書中的字跡竟像是才寫上去的那般清晰。

長淵道：「此書確有靈性，若非一直被塵封於此，假以時日修為靈物也未嘗不可。」

爾笙卻沒心情管這書有沒有靈，知道這書不容易壞，下手便不客氣起來。

她快速地向後閱讀著，一心想找長安的資料，然而一本薄薄的書記載了流波山數百年的歷史，對於致使流波山滅亡的這位仙者也只有幾句話的籠統概括罷了。

「永正元年，帝欲殺長安，逼其墮魔。五年，清心修行，歸其仙位。八年，流波天災，長安逆天而為，再墮魔道。十三年，清心修行，歸其仙位。十五年，走火入魔。」

爾笙苦了臉：「清心修行？怎麼清心，如何修行？這書完全沒有交代啊。」

沉醉摸著下巴想了想道：「我記得這裡應當還有一些記錄流波山野史的書籍，且分開找找吧。」

爾笙嘆息著合上書，四人各自尋了個角落，又翻箱倒櫃地找起來。藏書閣頂層的書看似不多，卻有很多書莫名地躲在犄角旮旯裡。按沉醉的說法，便是這些書少說都有百來年的歷史了，大多有了靈性，興許是這些書不想再讓人翻閱，都找了地方將自己藏起來，也因此讓爾笙尋書的過程更加艱辛。

久尋未果，爾笙憋了一肚子的火，一邊趴著摸索地板裂開的縫隙找書，一邊暗自罵道：「這些書都是老鼠嗎？地縫裡、房梁上，你們敢不敢直接打洞鑽進牆裡邊去。」

一個不留神，爾笙一頭撞在書桌上，她還捂著腦袋叫痛，一本藍色封面的書忽然落在她的眼前。爾笙定睛一看，正是方才翻過的那本《流波記事》。

她盯著封面四個字看了一會兒，隨即無動於衷地將它推到一邊，繼續翻找其他的書。

適時，不知從哪裡吹來一陣風，書頁嘩嘩地翻開，恰恰停留在記錄長安事蹟的那一頁。爾笙晃眼一看，卻見書中字體好似活過來了一般，漸漸演化成一個個黑色的小人影，在她眼前飄忽而過。她好似聽見來自幾百年前的聲音，或悲或喜，喧囂得一如在她耳畔擺開了一齣恢弘的戲。

爾笙瞪大眼，甩了甩腦袋，那些聲音、畫面便又都消失不見。

她直起身子，越過書桌瞅見長淵三人還在安靜地尋找書籍，全然沒察覺到她這方有什麼異常。

重新拾起《流波記事》，爾笙仔細研讀起來。她黑色的瞳孔中映出紙張上的黑字，思緒漸漸沉入書裡。

「永正三年，帝欲殺長安，逼其墮魔……」

好似有一個走投無路的窮苦書生，沙啞著嗓音在她耳畔呢喃著潦倒悲傷的過往。爾笙的腦海中忽然映出許許多多她未曾見過的人，他們在故事裡訴盡了起伏人生。

眼皮不知為何慢慢變得沉重，爾笙倚在書桌旁，捧著書緩緩沉入睡夢中。

「這本書上有些許長安的記錄……爾笙？」霽靈一邊看著書，走出重重書架來，沒看見爾笙的身影，她轉過書桌一看，才發現爾笙已經張著嘴，「呼哧呼哧」地睡著了。

霽靈眨著眼，看了她一會兒，向沉醉討要了他的外衣，蓋在爾笙身上。「再找找其他的吧。」

夢中的爾笙此時已全然不知外界發生什麼，她覺得自己如同遊魂一般飄蕩在浩浩蒼穹之中，不知要去哪裡。但冥冥之中，偏生有股力量將她拉拽著，飛過千重山，躍過萬重水，最後停在一座簡樸的亭子中。

書寫著「十里亭」的匾額之下，爾笙看見此時最想尋到的人——長安。

不同於素日見到他時那般滿身殺氣、冷漠絕然，此時的長安一身寬袍大袖，面容沉靜、目含慈悲，好似一位有所大成的仙人。

爾笙見到他，下意識地害怕，但卻鼓足了勇氣想上前詢問破除魔氣之法，不料她卻怎麼也無法跨出一步，好似被人用繩子緊緊套住，任她如何掙扎也不能上前一分。掙扎了許久，爾笙終是放棄了，無奈地看著下方的長安，卻見他手中握著一把折扇，垂著眼眸不知在想些什麼。

從晌午站到日落，直到星辰漫天，長安連姿勢也未曾換一個。如同那折扇裡有一個大千世界，任他怎麼看也看不完。

月上中天，忽然十里亭旁閃過一道黑影，直直撲向長安的後背。他耳朵動了動，頭微微往後一側，臉頰恰恰撞在柔軟溫熱的脣畔上。

「長安，長安，今日可有想我？」

長安側過身子，後退一步，推開了撲過來的那個女子。「不可胡鬧。」

「你成魔的那一陣子可不是這麼死板。」女子掃興地揮了揮衣袖，舉止間盡是妖嬈。「你什麼時候再成一次魔啊？我想念那般霸氣十足的你了。」

香粉氣息散了滿亭，爾笙好似也聞到那陣陣檀香之氣。

「我已墮魔兩次，這也是第三次修得仙身，不會再墮魔了。妳還是早點斷了執念，離——」

女子毫不客氣地打斷他的話。「有一有二必有三。且不說你會不會再墮魔……」女子纖細的手指在他胸膛畫著挑逗的圓圈。「你必須得看清楚的是，之前你娶過我，我是你的妻子，我們有過夫、妻、之、實。」

長安倏地閉上眼轉過頭去。女子咯咯嬌笑道：「長安，別害羞，當時你可半點不害羞。」

爾笙聽得瞠目結舌。長安的妻……長安的妻不是那無極荒城中的女怨嗎？可是女怨不是在無極荒城之中嗎？怎地會到這裡來，怎地又是這副德行，怎地又會與長安做出這樣的舉動……

爾笙細細思索了一番方才他們的言語，恍然大悟，而今她看見的這些竟是數百年前長安最後一次墮魔之前的景象。

但是她又如何會見到這樣的景象呢？

長淵說那本《流波記事》乃是一本有靈之書，難不成是那書帶她來看的？但為什麼又是她呢……

她正想著，下方的長安忍無可忍一般推開女怨，隨即把手中的折扇遞給她。「拿去，妳的真身，以後別再到流波山來了，這裡不是妖怪該來的地方。」

女怨睜著眼睛望了長安許久，道：「我不要，我的真身給你了，隨你怎麼處置，燒了烤了蒸了煮了都行，別還給我，我不要。」

「妳！」

「你若是真的不喜歡我了，便拿我當尋常妖怪處理掉吧，左右你們流波山是為了除妖而存在的。」

長安眉頭一皺，握著折扇卻怎麼也沒辦法將它狠心扔掉。

女怨見狀，彎著眉眼，笑得無比歡愉。「長安啊，我是你的妻，我喜歡你。你也是喜歡我的，不然不會每日等在這裡要把折扇還給我了。」

長安好似生了悶氣，轉身便走。

女怨亦步亦趨地跟在後面。「長安，你這名字取得挺好，在嘴裡唸一遍便像是在祈福，好像多叫你幾聲，我就能變得幸運一樣。」

「我原來的名字不好，但是後來你替我取的名字也極好。你還記得不，咱們第一次遇見的時候，你說『無』這個字太難聽，你說你瞅著我像是水底的青苔，柔軟得很，你說讓我在『無』字上面加個草字頭，你喚我為阿蕪。雖然音一樣，但是我卻覺著好聽順耳了許多。長安，我說的這些你還記得不？」

爾笙想，長安應當是記得的，畢竟墮了魔之後不會忘卻前塵，回歸仙位之後也沒理由忘記吧。

第十三章

長安往事

回想在無極荒城中見到女怨時她蒼白的模樣，爾笙全然無法將這個嬌媚地黏在長安身邊的女子與其聯繫起來。

她不明白這兩人之間到底發生了什麼事，會導致他們一個三度墮魔，一個永入荒城，宛如生死相隔……至少他們現在看起來相處很是和睦。

「長安二墮魔道，現今終是換得仙骨，實在不該與那折扇妖怪過多接觸，若是他再被誘入魔道，怕是……」

流波山長老會議上，有人提出了質疑，其他人紛紛附和：「長安兩次度劫飛昇，身懷神力，早已今非昔比。而今流波山天災剛過，百廢俱興，若長安再次墮魔，何人還能制得住他，實乃貽害蒼生之患。」

「理當防患於未然。」

「扇妖必斬。」

「理應除掉。」

爾笙飄浮在大殿上空，聽著這些長老七嘴八舌地討論，心底莫名地起了厭煩。明明什麼事都還沒發生，這些人卻用一副道貌岸然的模樣，說著「我是為你好」，理所當然地定了別人的罪名，還美其名曰未雨綢繆。

實在荒唐，無比荒唐。

「那扇妖與長安結為夫妻乃是二人私事，是合是離，應當看長安的意思，他既已修得仙骨，心中必當有所思量。」

適時，一道清冷的聲音自角落傳出，爾笙順著聲線尋了過去，待看見那人時，狠狠一呆，那可不就是無方仙尊嗎？與幾百年後的他比起來，真是半點容貌也沒有變過。

「長武此言差矣，長安如今雖已修得仙身，卻沒有斬斷與那扇妖的聯繫，可見心中仍是掛念著的。若是那妖物使壞，拖長安再入魔道，便是天下大不幸。」

「哼，長安既已成仙，必是有所取捨，豈會那麼容易便被誘惑。」長武不屑道：「為仙者若心性不穩至斯，不如墮了魔去。」

「長安是你師弟，你想護短也是理所當然的。但留下扇妖後患無窮，必當除去。」

此言一出，眾長老皆垂眸默認。長武冷冷一笑，拂袖而去。

爾笙便跟隨著長武的身影一直往殿外飄去，跟著他下了流波山，在山腳湖畔旁的一間小木屋中找到長安。適時，長安正立於湖邊，安靜地呼吸吐納。

「師兄。」他未回頭，卻已知道來著是誰。

「長老們不會再容忍她了。凡塵俗事快些處理好，你既已飛昇為仙，便不該一直耽擱在下界。」

長安平淡地微笑。「兩次墮魔算是兩次劫數，師兄，你可聽過何人飛昇成仙是要歷劫兩次的？」
長武皺眉。
「近來我好似能看見一些未來之事，我見你成了一派之主，見朝代在戰火中更迭，但是我卻看不見自己，也沒有流波山。」長安閉著眼，感受微風拂過他身邊。「若我沒想錯，我應當還有一劫未度。」
「師兄可還記得重華尊者生前曾與我們講過，飛昇度劫，一劫成仙，三劫成神。九重天上，司命星君為我寫了三劫，當真是厚待於我。」
長武眉頭皺得越發緊了。
「可是這一劫，若我度不過，便會真的永入魔道了。」長安轉過身，定定地望著長武。「師兄，你可願幫我一個忙？」
「何事？」
「我有預感，劫數將近，我要閉關數月，若是在此期間應了劫，至少不會連累到其他人。長老們既然要動手，你我必定都勸不住，我須得應付劫數，無法分心。你……能否幫我將阿蕪帶走，離流波山越遠越好。」
長武默了許久，待轉身離去時才緩緩道：「我不會與她講道理。」言下之意便是會直接將她打暈了拖走。
長安無奈一笑，微微嘆息道：「也只有這樣才行。」

然而即便他現在這樣費盡心機地為阿蕪安排，到最後卻仍是沒有躲得過無情劫數，爾笙忽然對長安生出了一點兒憐憫來。可是還不等她整理好思緒，四周的天色忽然變得黑暗，朗朗明月升上夜空，爾笙又被拉扯到那個名叫「十里亭」的地方。

只是今夜站在那裡的人換作了長武，他化為長安的模樣，想來定是為了引得阿蕪自己投上門來。

果不其然，沒過多久，一道黑色的身影矯捷地翻入亭內，全身像是沒有骨頭一樣掛在「長安」身上。「長安啊！今天我要告訴你一個大大的好消息，你想不想聽？」

「不想。」長武冷冷答道，隨即解了幻術，變回原本模樣。他一手抓住阿蕪，不讓她逃脫。

阿蕪大驚。「你！長安呢？」

「他讓我帶妳走。」

「走？去哪兒？我不走！以前不走，現在也不走，我……」

不再給她說話的機會，長武一掌劈在她的後頸。阿蕪眼睛翻了兩翻，終是極不甘心地暈了過去。

爾笙想：仙尊，果然是個狠角色。

四周的景色再次轉換，爾笙看見阿蕪被綁在一個山洞中，初始還能聽見她在大聲喝罵流波山道士卑鄙無恥，時間久了，她約莫是罵累了，便開始嚶嚶哭泣來，嘟囔著負心漢沒良心挨雷劈之類的言語。到最後，她終是沉默下來。此後幾天，她也任由長武帶著她一直往北走。

她每日都只對長武說「我要見長安」這一句話，但是長武卻連一句話也懶得回她。不知過了多少天，眼瞅著離流波山越來越遠，阿蕪眉宇之間的不安之色便越發按捺不住了。

「我知道你們這些道士生來是看不起妖怪的，你們不讓我和長安在一起，行，但是你們卻不能讓孩子離開他的父親。」

數日來，長武第一次正眼看了阿蕪一眼。「妳說什麼？」

「孩子。」阿蕪輕輕捂著下腹，認真道：「我和長安的孩子。」

長武清冷的表情被驚出一絲裂縫，默了半晌，他揉著額角問：「什麼時候的事？」

「他入魔的時候，我們成親，洞房花燭夜。」

長武瞇著眼提出質疑。「已有一年左右的時間了。」

「沒錯，他入魔的時候既身為魔，我與他的孩子自然也是魔。魔胎需得懷三年，我也是最近才發現的。你不信，初始我也不信，但是我去詢問了容蘇，他是活了千年的大妖怪，是我義兄，不會看錯脈象的。」

天生魔胎……

長武眉頭倏地皺了起來。爾笙看得心頭一跳，那一瞬她以為長武會動手將阿蕪殺死。

但最終長武也沒有動手，他只淡淡道：「妳見到長安，又待如何？」

「一個妻子懷著孩子，她見到了她的丈夫能如何？我只想和他一起生活。」

「長安不會與妳一同生活。」

「你不是長安，你怎麼知道他不會。」阿蕪道：「長安讓你帶我離開流波山，定有他的理由，我也相信他是為了我好，但是這些決定都是在他不知道我有了他孩子的情況下做的。現在他要是知道了，或許會做其他決定，或許會有其他打算。」

「長安要度劫，流波山眾長老都要殺妳，他能有其他什麼打算。」

阿蕪一怔，垂下眼眸呢喃：「成仙對他來說就那麼重要嗎？」

長武脣角微微一動，並未替長安解釋什麼。

阿蕪抬頭望著他，懇求道：「長安既然讓你來帶我走，心裡定是極信任你的。你……能不能回去跟他說一說，或許他會想出其他辦法。」

長武緘默不語。

「求你了，我知道流波山天災之後，長安就只剩下你這一個同門師兄了，你也只有他一個師弟了，不是嗎？」

「罷了。」長武一聲輕嘆，從懷中掏出一張黃符。「這是流波山的傳音符，妳自去尋地方藏好，到時我會來找妳。」

阿蕪欣喜不已，乖乖收了符，目送長武騰雲而去。

看著阿蕪歡喜的臉，爾笙心中忽然有股不祥的預感，下意識地想將長武叫回來，讓他別就這樣離去，至少把阿蕪送到一個更安全的地方。但是，對於這段故事，她只是一個觀看者，什麼事都做不了。

果然，阿蕪在那方等了長武數日，卻始終沒有等到長武帶來長安的任何消息，只等到了流波山兩個鐵面無情的長老。

他們見了阿蕪，二話沒說，逕自動手，招招斃命，想來是尋了她許久，今日是想置她於死地的。阿蕪護著自己的肚子，招式放不開，沒一會兒便落了下風，眼瞅著躲不過這一劫了，不料一個男子卻橫插進來，其招式橫蠻霸道，三兩下便逼開了流波山兩個長老。

他也不戀戰，提了阿蕪便快速逃走了。

待藏到一處密林之中，兩人才停下來。一看見這男子，阿蕪眼角便含上了委屈的淚。「容蘇哥哥……」

原來這男子便是阿蕪的義兄，千年的大妖怪，容蘇。

「出息！」容蘇罵道：「妳瞅瞅妳哪裡還有個妖的樣子，不就一個道士，踹了，哥再給妳找個。」

「世間男子雖多，我卻不巧地偏生沒出息地喜歡上這一個，哥哥別罵我，我也沒辦法。」

容蘇氣得深深吸了好幾口氣，才平靜下來心情。「他不要妳和孩子？」

一聽這話，阿蕪眼中又泛起淚花。「不知道。」

「混帳東西！我容蘇的妹妹豈可被落魄至此的流波山欺負！」

「容蘇哥哥……」

「那混蛋現在定然待在流波山，我帶著妳去討個說法，拋妻棄子的人還修他大爺的仙！」

阿蕪還有些猶豫，容蘇拉了她便不由分說地往流波山走。「有我在，誰還敢欺負妳，給妖怪長點兒出息！」

阿蕪僅有的這一點兒抗議便被鎮壓下去。

「長安。」容蘇一腳踢開守門的流波山弟子，將阿蕪護在自己身後。「給我速速出來！」

「容蘇哥哥……」

「妳別慌。」容蘇安撫阿蕪道：「如今的流波山經過天災人禍，早已不是以前的流波山了，不過是一群老道士和幾個新招的乳臭未乾的小子，有我在，他們不敢對妳怎樣。」

阿蕪還想勸說，高高臺階之上的流波山大門「吱呀」一聲沉重開啟。五位長老自門後走出，他們神色皆肅穆沉凝，憎惡地瞪著容蘇與阿蕪，好似恨不得立即將他們除之而後快。

「我叫的是長安，你們這幾個老東西出來做甚？」容蘇一聲冷哼，廣袖一揮，渾厚的妖力捲出大風，吹得跟隨長老而來的弟子們踉蹌連連。

長老們大怒。「大膽妖孽！流波仙門前竟敢出言不遜！」

「哼，現今的流波山有何可懼，我親自上門來要人已是給了你們面子。」

「放肆！」當下有一人按捺不住火氣，祭出法器便怒氣沖沖地殺過來。

容蘇狂妄一笑。「放肆沒有，屁倒是放了一個，給你嗅嗅。」言罷，他一揮衣袍，妖氣澎湃而出，呼嘯著向攻來的那人打去，逼得那人不得不收招防備。妖氣餘威掃入仙門之中，震得在場修為較低的弟子嘔出鮮血。

長老們皆是一驚，沒想到阿蕪請來的助力竟如此蠻橫強大。

阿蕪見容蘇已將流波山眾人震懾住了，立即拉住他，對流波山長老們喊：「我們不想傷人，我只想見長安，我有事要告訴他。」

「而今妖孽竟敢公然挑釁我仙門，背後定是有極大預謀，絕不可讓她再見長安。」

「這群老強牛！」容蘇聞言登時大怒，舉步便要上前。

好似察覺到容蘇身上升騰的殺氣，阿蕪大驚失色，忙使勁拽住他。「容蘇哥哥！長安心中最重仙門安危，你切莫殺了流波山中人。」

「妖孽休得假慈悲，今日我流波山定要替天下除妖，滅了妳這禍患！」領頭的長老一聲大喝。「列陣！」

看著那五位長老吟咒擺陣，容蘇再也抑制不住渾身殺氣，一雙黑瞳之中泛出血腥的鮮紅。「妹妹，妳且看清楚，今日是誰想殺人。」

阿蕪面色一白，捂著小腹沉默下來。

這是你死我活的局勢。即便是爾笙也看出了流波山這幾個長老列出的陣不好對付，殺氣瀰漫，絕不是普通的降妖陣法。她心裡也替阿蕪著急，這種時候仙尊去哪裡了，更重要的是長安呢？

適時，牽引著爾笙的那股力量又出現了，它好似想回答爾笙提出的所有問題，爾笙想知道仙尊與長安在哪裡，它便真的引著爾笙尋到了仙尊與長安——

在流波山的萬隔樓。

長武被困在萬隔樓底，四周的白色光符圍成了一個堅固的牢籠，將他困在其中。顯然是長老們知道了他帶著阿蕪逃走的事，特將他囚禁，防止他再插手此間事端。而長安卻在萬隔樓頂閉關，對外界之事還什麼都不知道。

爾笙心中焦急，真想衝上前去砸砸他的腦袋。

你娘子和小孩被人欺負了，你這個做丈夫的還修他大爺的仙啊！

然而爾笙也只能想想，她現在只是個旁觀者，無力插手任何事。

突然之間，流波山大門那方驀地傳來一聲轟然巨響，震得大地都是一抖。

爾笙心急地想往那方去，但是身子卻動不了分毫，她也顧不得長安能不能聽到自己說的話，焦急地大叫起來：「長安！出事了！出大事了！」

長安自是聽不見她的呼喚，然而伴隨著先前那聲巨響之後，大地又是一抖，且比上次晃得更為厲害一些，爾笙看見萬隔樓頂擺放著的桌椅皆在顫動。

沒一會兒，長安倏地睜開眼，他臉色難看地變了幾變，突然「哇」地吐出一口烏血來。

爾笙嚇了一跳，忽然想起之前在無方山上學堂的時候，夫子曾說過，修行到了一定境界，入定之時便不能有外物干擾，如若不然，輕則傷其心肺，重則走火入魔。

長安這是傷了心肺，還是走了火……

哪有時間讓爾笙想清楚這個問題，長安已清醒過來，抹了唇角的血便疾步走到窗邊，將流波山門那方望了一會兒，他便逕直駕雲而去。

爾笙也被那股力量拖著一起隨著長安而去，然而看見流波山門那裡的場景之時，爾笙不由得呆了。

就這麼片刻工夫，山門前的青石階梯竟如同被血染一般，許多流波山年少的弟子躺在地上，掙扎呻吟。而空中的那扇大門，爾笙怎麼也忘不了它的模樣——無極荒城的城門。

爾笙驚訝，流波山這些長老們竟然召出了無極荒城的城門！難怪方才那陣氣息如此奇怪。

容蘇好似受了重傷，手中握著一把大刀，單膝跪著。阿蕪擋在他身前，手持一柄折扇，與三名長老僵持著。阿蕪臉上染了不少血跡，也分不清是她的還是流波山弟子的。

看見長安駕雲而來，阿蕪眼眸一亮，但像是忽然間想到什麼，她又垂下了眼瞼。

趁著阿蕪分神之際，立於她對面的一名長老忽然發難，直襲她的腹部。阿蕪大驚，本能地向後一退，跪於她身後的容蘇卻暴怒起身。

「流波山無恥！」他一刀砍向長老，眼瞅著要活生生削掉他半個腦袋。

一道清明仙氣自半空而來，打偏了容蘇的刀刃。

「孽障！」長安怒極而斥。

阿蕪面色蒼白，急切地搖頭解釋：「我們沒有殺人！我懷……」

長安不由分說地祭出自己法器，長劍一揮，耀眼的青光攜著怒火重重地擊向容蘇。

他顯然是氣極了，這一手下得毫無分寸，即便是容蘇這樣的千年大妖也被生生打飛出去；自然，阿蕪也不可倖免，她順著青石板階一階一階地滾下，最後終是停在一處平地上。

爾笙驚駭地捂住自己的嘴，長安好似還在斥責些什麼，但是爾笙已全然沒聽見了。此時她腦海中想的，盡是女怨那陰氣沉沉的嗓音，和死水一般、毫無波動的眼眸。

難怪……難怪……

容蘇掙扎著爬起身來，尋到阿蕪身影的那一刻，血紅的眼瞳猛地緊縮起來。

他以大刀支撐著身體，一步一步艱難地跪行向阿蕪那方。

看見他如此作為，長安眼中莫名起了一層殺氣。一位重傷的流波山長老仍在苦苦支撐著法陣，看見長安，他頓時大喜過望，喚道：「此妖罪孽深重，吾等已召無極荒城之門，欲將其送入荒城，而今尚缺一人靈力開啟城門。長安速來助我！」

長安身形未動，眼神緊緊盯著阿蕪，卻見她依賴般蜷縮在容蘇懷中，身子顫抖不已，好似在哭泣。他眉頭微皺，降下雲頭，緩步走到那位主陣長老身邊。

「妹子……」容蘇替阿蕪將黏在臉上的髮絲拂開，看見她顫抖著唇，瘖啞開口。

「肚子痛……容蘇哥哥……他不知道，他還不知道。」

長安嗓音冰冷，在高高的臺階之上，靜靜道：「妖孽，還不束手就擒。」

容蘇恨得咬牙。「那種混帳，妳何苦還要牽掛。」

阿蕪的淚水宛若斷線的珠子，止不住地往下掉，嘴裡反反覆覆地呢喃著一句「他不知道」，像是要說服容蘇，更像是在說服自己。

長安眉頭蹙在一起，廣袖中的拳握得一陣緊似一陣，他閉上眼，淡淡道：「此妖，應入荒城。」話音一落，仙力注入陣中，本頹敗將破的陣法頓時華光大盛，空中的荒城城門「咯」的一聲，沉重而緩慢地開啟。

容蘇看著頭頂上緩緩大開的城門，沉了眉眼。他安置好阿蕪，勉力站起身來，面向長安，不卑不亢道：「我容蘇生而為妖，行事雖算不得正派，卻從來不愧於天地良心，不悖於天理常倫，你們何以讓我入荒城這樣的罪孽之都？」容蘇狂傲一笑，充斥著嘲諷的意味。「有本事，拿了我的命去，別的，想也別想。」

長安盯著容蘇，幽黑的眼眸中看不清情緒。

容蘇將刀霸氣地插入青石板階梯之中，豪邁一笑。「今日鬥到這般程度，你們即便不要我的命，我也會拚上一拚，拿這條命鬧得你流波山雞犬不寧，好歹為我妹子討個公道。」

「別拚命……」阿蕪抓住他寬大的衣襬，不肯放手。

「妹子。」容蘇提起刀，大步邁出，衣襬從阿蕪手中脫走。他輕聲嘆息。「妳怎麼還看不明白，而今我若不死，流波山必亡。」

容蘇已受了極重的傷，他每走一步便是一腳血印，然而他卻像是感覺不到疼痛一般，每一腳踩下，都讓大地一陣戰慄的顫動。「三度成仙？」容蘇揮刀大笑。「我且看看，你到底有多厲害！」

阿蕪蜷起身子，緊緊閉上雙眼，然而她卻堵不住耳朵，仍能聽見那刀劍相擊的聲響，聲聲刺人。

結果是可想而知的，重傷的容蘇怎麼敵得過長安，十招下來，便被長安擒住咽喉。

「別殺他！」阿蕪嘶聲呼喚。「長安，容蘇算是我僅有的親人了，我求你，我只求你這次，看在孩——」

「我無意取他性命。」長安打斷阿蕪的話，道：「有罪之人自然該入無極荒城。」

「他沒罪。是我……都是我……」

「哈哈哈，欲加之罪，何患無辭！妹子不用多言，今日哥哥護不了妳，是我無能。這條命，流波山可以隨意拿去，可無極荒城那般地方我卻是怎樣也不會進的。」

長安掐住他的咽喉，一步一步將容蘇逼向荒城城門。「這可由不得你。」

容蘇冷笑。「生由不得我，死還能由不得我嗎？」

長安心下微驚，尚未反應過來，忽覺容蘇渾身一僵，緊接著脣角便落下一道鮮紅血跡，竟是自斷了心脈。

長安手一鬆，容蘇便癱軟在地上，唯剩一雙不甘心的眼還睜著，好似仍在諷笑流波仙門輝煌不在，竟落得傾巢而出僅僅為對付一個妖怪；又像是對他心裡那點兒陰暗的嫉妒之情嗤之以鼻。

他心中莫名地生了一絲害怕，轉頭看向阿蕪，卻見她呆呆地望著地上的容蘇，然後近乎跪著爬過來。她探著容蘇的鼻息，探了許久，終是替他覆上雙眼。

「長安，你可知容蘇哥哥之於我，亦師亦父，亦兄亦友。此前我們成親之時，容蘇哥哥未到，他說此乃他人生一大憾事。他說，等我們孩子滿月的時候，他定要讓天下皆知，他會送最大的紅包，給最好的禮物……但是長安，你看看你做了什麼？」

「你逼死了我的父兄、我的良師、我的摯友！」阿蕪聲色漸厲。「我嫁於你，卻被你拿走了所有，愛情、貞操、尊嚴，現在你又奪走了我的親人、我的孩子……但是我還是這麼卑微地喜歡你。」

長安一怔，心口猛地涼了下來，他呆愣地將目光轉移到阿蕪的腹部，卻看見她衣衫下襬染出了一片刺目猩紅。

阿蕪好似一個沒有感覺的木偶，一手蓋在容蘇眼上，一手遮住了自己的眼睛。

「你要我怎麼原諒你……怎麼原諒自己？」

長安臉色一白，靜默無言。

「我多恨，長安，你可知我有多恨！」阿蕪抬起頭來，一行血淚順著眼角駭人地滑落，她嗓音已沙啞得說不出話來，但她偏偏擠出了最尖銳殘破的聲音：「弒兄之恨、喪子之痛，我恨不得所有人都來與我陪葬！」

此一聲痛與恨，好似喚得天地皆悲，無數女子的哭泣哀號隨著鋪天蓋地席捲而來的大風盤旋於流波山上空，怨氣急速聚集。那些或痴或狂的哭笑闖進眾人耳朵，直讓人內心一片惶惶。

阿蕪狠戾地瞪著長安，荒城城門在她身後全然開啟，一股巨大的吸力自城中捲來。荒城中皆是罪大惡極之人，阿蕪引得天下女子怨氣跟隨，她的存在便是一種大罪，所以荒城大開城門，拉她進城是理所當然之舉。

漫天的怨氣追隨著阿蕪身影，慢慢被吸進荒城之中。

長安好似突然回過神來，探手欲抓，然而凶戾的怨恨之氣卻猛地撲纏上他的四肢，緊緊拉拽住他，恨不得將他就此拽入地獄一般。

「長安，我願你此生永不得安！」

荒城城門轟然合上，阻隔了一切聲響，整個世界好似在這瞬間死寂下來，空中飄落下來兩滴鮮血，沾染上長安的臉頰，看起來頹敗而蒼涼。

爾笙本以為阿蕪入荒城之後，長安不用多久便會墮魔，但是長安依舊清醒。他每日仍舊打坐修行，吐納天地靈氣，好似他還是一個清冷的仙，有一身什麼也打不倒的傲骨。流波山眾長老對這個現狀很是滿意，認為長安已經清心寡欲、無欲無求了，是大成的表現。

爾笙卻看見了另一個長安，一個夜夜不眠的長安，他每晚都望著星空，不肯閉眼。因為即便只是偶爾閉眼小憩，也會滿臉冷汗地驚醒。

長安的眼眸日漸沉寂，並非大徹大悟之後的沉澱，倒是越來越接近絕望與死寂。爾笙忽然想到她第一次見到長安時，他滿眼的空洞虛無，人還活著，卻如死般沉寂冰冷。

阿蕪那聲「不得安」便如字字泣血的詛咒一般，讓長安從此之後再不得安。

「永正十五年，長安走火入魔。」

潦倒書生的聲音再次出現在爾笙的腦海中，她所看到的景象也漸漸模糊。最後，只剩下眉心生了魔印的長安眼神寒涼地仰望蒼穹。

「司命星君、司命星君……我此生命格，妳竟寫得如此薄涼，薄涼至斯！」

他說得細聲，但卻咬牙切齒，好似恨不得將九重天上的司命星君剝皮拆骨，食其肉、飲其血。

爾笙看著他這模樣，竟有些莫名的心涼。

「爾笙……爾笙？」

熟悉的溫柔呼喚在耳邊慢慢變得清晰，她漸漸睜開眼，看見了長淵離自己極近的臉。

「可是作了什麼惡夢？」長淵替她抹了一把額角的汗。「怎麼嚇得一臉冷汗？」

恍惚間，爾笙竟有種一夢隔世的感覺。她呆怔地看了長淵一會兒，忽然問：「長淵，以後你會對我動手嗎？會對師父、師姊動手嗎？」

長淵一怔，隨即搖頭答：「不會。」這一聲「不會」答得萬分乾脆，如同在說那樣的事情，他連想也沒想過。

「要是……」爾笙看著自己的雙手，這十根指頭在幾天前染上了數百人的鮮血，她永遠也忘不了那種無法控制自己殺意的感覺，一邊在心裡聲嘶力竭地叫自己住手，一邊舔著唇邊的血尋求更多殺戮。那個時候她似乎是快樂的，撕裂別人的身體，她詭異地快樂著；也正因為如此，讓她清醒後越發的痛苦。

若是這樣下去，遲早有一天，她定會與天下為敵，做十惡不赦的事，變得人人得而誅之。

「要是有一天我們站在了完全相對的陣營上呢？你也不會對我動手嗎？」長淵揉了揉她額前的髮。「我會一直和妳站在一起。」

爾笙垂下頭，任由長淵的手揉亂了她的髮。她想，長淵其實嘴很笨，從來沒說過什麼好聽的話，但正因為他說的都是真話，這樣的承諾便顯得越加彌足珍貴。

這兩人之間的氛圍正好，把另外兩人晾得有些尷尬。

霽靈扭頭看向房頂，倒是沉醉毫不避諱地盯了霽靈一會兒，隨即一聲輕咳。「小耳朵，妳倒是舒舒服服地睡了一覺，累得為師還得幫妳爬上爬下地找書，回頭得拿罈好酒孝敬為師才是。」

「對了！」爾笙猛地想起什麼，倏地看向自己的懷中，但是卻已沒了那本《流波記事》的影子。爾笙大驚，倏地站起身，在自己腳下找了又找。「書呢？」

「什麼書？」長淵不解。

「《流波記事》它應該還在我懷裡的啊，我捧著它睡覺的。」

長淵道：「方才我並未看見妳手中拿著書。」

「可是……可是明明有啊！」爾笙心道那書定是真的有靈，不僅帶她夢迴一場流波山舊夢，更是在她清醒之後自個兒跑了。若是再次找到那本書，讓它帶著她回到長安最後一次入魔，或者是更早之前，她說不定就可以看到長安是如何擺脫魔道的了。

見爾笙神色越發著急，長淵心中便也正視起這件事情來。他站起身來，也在自己腳下兜兜轉轉地找了一通，沉吟道：「看來那書已修成靈物，這麼一會兒工夫便能躲得不見蹤影。」

「必須得找到。」爾笙目光灼灼道：「破魔之法必定在那書中！」

霽靈感到奇怪。「何以如此肯定？」

爾笙撓了撓頭，不知該如何將自己在夢中看到的事情交代清楚，只得簡單說道：「剛才……我睡著那一會兒，夢見了流波山、長安，和很多很多故事，清晰真實得可怕。」

見爾笙表情有些感慨哀傷，眾人都不由得沉默下來。相傳長安親手點了一把業火，焚燒了流波仙山——他自己的師門，讓那個流傳了近千年的古仙門徹底消失在歷史中。

想來當年的故事必定是讓人輕鬆不起來的。

「得了。」沉醉擺了擺手道：「現今有了目標，就找那本《流波記事》便可。我瞅著這一時半會兒也尋不出個什麼玩意來。小耳朵妳一路風塵僕僕地趕回來，都還沒來得及好好休息休息。這裡有師父幫妳尋著，你們都回去歇著吧。」

爾笙張嘴要反駁，長淵卻道：「必須得休息。」

爾笙嘛了嘛嘴，嘆息一聲應了。

是夜，月色朗朗，這些天來爾笙雖已十分疲憊，但是躺在床上卻怎麼也睡不著，輾轉反側許久，終是抱著枕頭出了門去。她本想去找長淵，但是想到這些天來長淵也定是累極了，便改了方向敲了霽靈的門。

適時，霽靈剛打坐完，正準備睡。爾笙推開門，有點局促地站在門口。「師姊，我可以和妳一起睡嗎？」

霽靈一怔，卻也還是點了頭。

熄了燭火，唯剩窗外涼涼的月光，爾笙將眼閉了一會兒，輕聲問：「師姊怕我嗎？」霽靈閉著眼沒答話，爾笙摸了摸自己的眉心，繼續道：「我都有些怕自己了，總害怕自己在睡覺的時候不知不覺地就變作了另一個人，醒來的時候埋頭一看，滿手血腥。」

沉醉性懶，不愛教徒弟，這三年來術法上的東西多是霽靈指點爾笙的，她是個性冷又認真的人，素日對爾笙總是嚴苛多於溫和；而爾笙則愛抵賴耍混，很少會在人面前示弱。是以今日爾笙這麼一說，她竟是不知該如何安慰才好。

「我還是不和妳睡了。」爾笙倏地坐起身來，一臉認真。「若是我在半夜不小心將妳殺了該如何是好？」

霽靈被爾笙的動作驚得一呆，隨即一聲嘆息，淡淡道：「傻丫頭。」她將爾笙拉下來躺好。「妳尚未有殺我的本事。妳若再亂想亂說，我便將妳踢出去。」

「師姊……」

「嗯，我是妳師姊，你可有見過哪家姊姊懼怕自家妹妹的？」

爾笙想了一會兒，兩隻胳膊便纏到霽靈身上，將她抱住。「師姊，我一直忘了告訴妳，其實妳才不是平胸，有起伏的，山巒起伏。妳不要聽那些小輩在背後亂說。」

霽靈渾身一僵，額上青筋彈跳起來。「誰說的？」

「年前，與我打架的那幾個師姪，我已幫妳狠狠修理他們了。」爾笙聲音漸小，似睡意已來。「若是教我知道第一個說妳是平胸的人是誰，我定不會輕饒他。」爾笙的腦袋鑽到霽靈懷中，貼著她的胸蹭了蹭，舒服地睡著了。

第一個說的人……就是妳這死丫頭片子！

霽靈面色一陰，正想將爾笙從自己懷裡提出來，卻聽得她呼吸越來越舒緩，竟是這麼一會兒時間便陷入了深睡之中。

想來，這些天她定是累極了。

霽靈冷冷一哼。「膚淺之人才會注重胸器。」言罷，她一爪子掐上爾笙的胸，爾笙下意識地發出一聲嚶嚀。

房間裡默了默，霽靈狠狠閉上眼。「胸大無腦的丫頭。」

院子裡，長淵沐浴著月光，他伸出手，看著自己的手掌，忽然五指蜷縮，在空氣中抓了一抓。

他自言自語地呢喃：「應當是很軟的。」

此後半月的時間，四人幾乎每日都耗在藏書閣頂樓中，幾乎快將藏書閣的房頂都掀了，卻仍舊沒有再找到《流波記事》那本書。好似它當時的出現只是為了給爾笙看到那麼一段過往，讓她生了希望，有了期待，然後在尋找中漸漸失望。

然而讓所有人都沒想到的是，在這樣的時候，居然有意外之人找上了無方山。

朝廷的欽差。

爾笙本以為她此生都不會與那種飯桶一樣的傢伙打上交道，但是不料這人拿著一張明黃色的聖旨，帶著一群奇人異士，趾高氣揚地上無方山來討要她和長淵。

罪名是殘害國之棟梁、屠戮皇朝軍隊、危害家國穩定，要他們上京面聖，由皇帝發落。

仙尊素來不愛管這些俗事，只交代下去讓寂悟與幾位年長的弟子去打發那些遠從京城而來的朝廷中人。

稍稍熟悉仙尊的人都知道，他雖面冷，卻極為護短。爾笙現在雖已入魔，但他既許諾再給她兩月的時間，便是說這兩月內她仍是無方山弟子，而無方山弟子在他的眼皮子底下決計不能讓別人欺負了去，即便是朝廷。

這可讓寂悟等人犯了難。

仙尊幾乎已快通悟天道，離飛昇怕只有一步之遙，放眼天下，他自是不用懼怕誰；但是無方山眾弟子卻不一樣，他們仍舊是俗世中人，須得遵守俗世規律，開罪了朝廷，於無方山而言實在不好。

仙尊要護人，朝廷要討人，寂悟實在不知該如何取捨，索性告訴了沉醉。

他自家徒弟惹的事，自然該由他這個師父擔待著。沉醉抓頭撓耳地尋思半晌，又把這事統統告訴爾笙。

爾笙望著長淵，琢磨了半晌道：「人是我殺的，我的錯應該得贖，而且我也不能連累無方山。若是大家日後出去收拾完妖怪之後，連燒雞都不能吃得安心，定是會怪我的。」

長淵只是摸著她的腦袋道：「我與妳一起便是。」

霽靈有些不贊同地皺了眉：「可這書該怎麼辦？仙尊許的兩月已過去了半月，若是在剩下的時間裡，爾笙尚未尋得破魔之法……仙尊便會出手，彼時可比這些亂七八糟的人來得麻煩許多。」

爾笙想了想道：「師父、師姊，你們幫我繼續找吧，若是找到了，便到京城來尋我。」爾笙無奈一笑。「現在也只有走一步是一步了。」

司命

第十四章 求藥

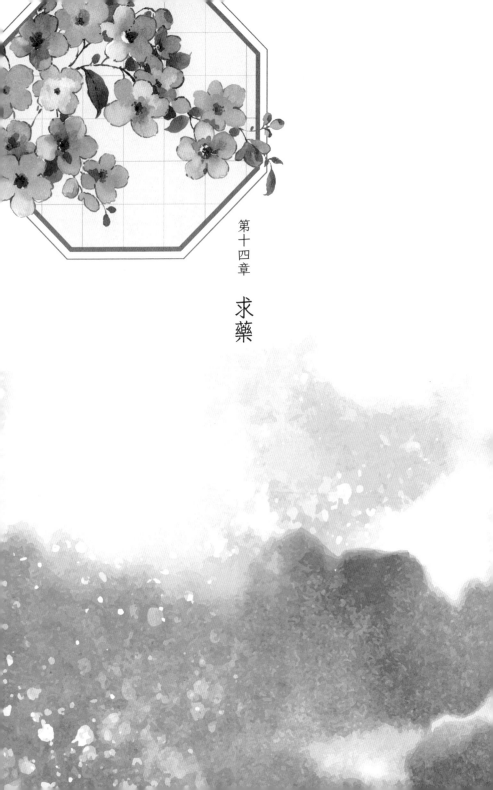

來捉爾笙的欽差名喚黃成，是個皮笑肉不笑的虛偽傢伙。

離開無方山之時，黃成對寂悟又謝又拜，說了一堆無方仙門為國除害、無方仙尊大公無私的屁話，然而轉過頭來便對爾笙、長淵凶惡起來；但卻仍是顧忌他們是修仙的人，身懷異能，不敢貿然動手毆打。

對於這樣的小人，兩人自是懶得去理會，讓爾笙不安的是一路押解他們的奇人異士。她能感覺得出來，這群人若一個一個單打獨鬥，根本不用長淵動手，光是爾笙便可以將他們一一收拾掉。

但是離開無方山之後，這群人趕路的時候似乎是在按照某種陣形走，每人臉上的神色皆是肅穆沉凝，好似並不是在趕路，而是在吟誦什麼咒語。

趕了一天的路，離無方山漸漸遠了。到了夜裡，坐了一天轎子的黃成嚷嚷著要歇息，一邊抱怨著此處偏僻，連小山村也沒有一個，一邊令隨行的士兵去山林獵捕野味，一邊燃起了篝火，在隊伍前方喝起酒來。

圍在爾笙、長淵周圍的奇人異士們卻連眉毛也沒動一下，皆如同木偶一樣分布在他們周身。

「長淵。」爾笙戳了戳長淵的手臂，湊到他耳邊小聲道：「你有沒有覺得這些人很不對勁？」

長淵不甚在意地點了點頭。「自是不對勁的。北斗之陣，主殺，這些人怕是並不是想接我們上京見皇帝，而是打算在路上便殺掉我們。」

爾笙一怔，下意識地拽了長淵一下道：「我們逃吧。」轉念一想，她又搖頭道：「不對，我確實是做錯了事情的，殺了那麼多無辜的人，應當受到懲罰，以命抵命也沒有錯……」

長淵只是看著她，並不答話。

「可是……我不想死。活著可以贖罪，可以去幫很多人，救很多人，可以用以後很長很長的時間來彌補我的過錯；但是人要是死了，就什麼都沒了，補不了過錯，只能變成一具腐壞的屍體。」

爾笙本以為好歹也要等到見著皇帝，審問一番之後才給她定罪，反正到時候她若是沒有破除魔印，仙尊也是要殺她的，不如借了皇帝的手，省得逼得仙尊親自殺了她，心裡難受。她沒想到，那皇帝竟直接下了殺令。

若是現在她已經完全入魔，別人要她的命無可厚非；但而今她神智清醒，正在努力尋找破魔之法，她有活下去的理由，並且想努力活著。

長淵摸了摸她的頭。「想做什麼便去做，我與妳站在一起。」他想，左右就這一世的時間，他應當讓爾笙隨心而活。

爾笙想了想，倏地站起身來，離她最近的一圈術士皆被她這個舉動嚇得一怔，立即擺出防備姿勢，以為她會耍暗器偷襲，不料她竟堂堂正正地衝黃成喊：「喂！我不想去京城見皇帝了，我還有更重要的事情要做，沒時間耽擱。」

此話一出，眾人皆是大驚。黃成的臉色在火光中變了幾變，登時大怒道：

「大膽！皇上旨意豈容爾等小民挑揀！」

爾笙扭頭便與長淵說：「你瞅，他不讓咱們走。」

長淵慢慢站起身來：「揍。」

尋常人哪裡禁得住長淵這殺氣騰騰的一瞪，黑夜之中，欽差黃成嚇得尿了褲子，他摔坐在地上大罵道：「反了、反了！快來保護本官！你們這些廢物還愣著幹麼，趕快殺了這兩個逆賊！」

盤腿坐於四周的術士登時雙手合十，口中呢喃的經文登時大聲起來。四周漸漸升騰起一股金色的佛光，隨著佛光漸盛，爾笙忽然覺得心口一痛，渾身像是被禁錮一般難受起來。

「長淵……」她本能地抓住長淵的手，卻發現他的手此時有些顫抖冰涼。爾笙心中一驚，抬頭望去，只見長淵神色沉凝，眉頭微微皺起，而額角已滲出了幾點冷汗。爾笙急道：「你怎麼了？」

長淵此時已不能分神答她的話，氣行丹田之中，他一聲低喝，只見一道銀光自他周身蕩了出去，眾術士渾身皆是一顫，有的甚至唇角溢出了血來。

長淵不好受，對方也不大輕鬆。正是僵持之局，忽然那道不男不女的聲音又出現在她的腦海中——

「爾笙，此乃上古御龍之術，特地為了御龍而編排的法術，本是早已失傳之法，而今不知為何卻落到這群凡人手裡。看來，妳的長淵今日不死也得重傷了。」

爾笙心中大驚，卻又不敢大聲說話怕擾了長淵心神，唯有在心中暗暗想道：「你胡說！上古之法怎麼會讓這麼多凡人學會？你定是又要誆我殺人，害我入魔，我今日絕不聽你的話！」

「爾笙，妳忘了，妳即是我，我即是妳。妳活著，我便也好好活著，我們倆性命相依，我又怎麼會害妳？我約莫是這世上最真心想讓妳活下去的人了。」聲音道：「入魔又有什麼不好？獲得強大的力量，隨心所欲地做事，誰也強迫不得妳，誰也不敢欺辱於妳。」

「像如今，長淵遇險，沒有力量的妳什麼也做不了，只有眼睜睜地看著他獨自應對危局。他或許會死掉，從此消失在妳的生命之中，一如妳的父母，幼時長大的那個村莊一般，消失得乾乾淨淨。」

「閉嘴！」

「入魔有什麼錯？妳不想掌握生殺予奪的權力嗎？如同權勢與財富一般，人們貪戀，只是因為想讓自己活得更好。活得更好，這不過只是世間萬物最質樸的要求罷了。」

爾笙猛地甩了甩頭，大喝一聲「閉嘴」。她拔出一鱗劍便衝出去，一劍刺向離她最近的一個術士，下手快而狠，欲直取對方咽喉。

然而離那術士還有尺許距離，一鱗劍便如扎進一團棉花中，再無力向前挪動一分。

爾笙大怒，似堆了一口怒氣急欲發洩出來，她氣下丹田，一聲大喝，猛地拔出一鱗劍，再一次劈向那名術士。霎時，靈力與佛法激烈地撞擊，越發厲害的摩擦濺出耀眼的火花。

爾笙毫不吝惜地將靈力注入一鱗劍中，她的虎口被劍反彈回來的力道震裂了，鮮血染上劍柄，但她仍舊一無所覺地拚命灌入靈力。

漸漸的，佛法保護之下的術士額頭慢慢裂開一道口，越來越深、越來越大，猩紅的血液順著術士的額頭流下，染得他面目猙獰。

適時，在那名術士被爾笙砍出一道血痕之後，其餘的術士頭上，在同一個位置都出現傷口，流下血來。一時間，空氣中的血腥味大盛，空中佛光猛地弱了下去。

見對方出了血，爾笙心中詭異地升騰起一股暢快之意，眼見自己已經替長淵解了危，但是她仍止不住手地想要繼續劈砍下去，直到這些令人厭惡的金色佛光徹底消失，直到所有術士橫屍荒野……

「爾笙！」御龍之術威力大減，長淵終是分出心來喚道：「不可如此，靜心。」

彷彿當頭一棒，爾笙手一抖，靈力盡數褪去，然而與她對抗的力量仍在，爾笙只覺眼前金光一閃，她整個人便被彈飛出去。

長淵心神一亂，突然之間，一名術士突然大聲喝道：「放屠龍毒！」

忽聽這毒藥名稱，長淵一個怔然，回過神來之時，天空之中已經密密麻麻交纏起無數銀色絲線，令他窒息的味道鋪天蓋地壓下來，無孔不入地扎入他的肌膚。

長淵黑眸之中金光大盛，他脣瓣顏色逐漸變深，最後直至全然烏黑。森白的犬齒一分分快速長長，他的喉頭發出渾厚的龍吟之聲，百步之外的尋常士兵與欽差黃成皆被震得七竅流血，躺在地上生生暈死過去。

爾笙驚駭地看著長淵的變化，忽然想到：他莫不是……莫不是被這毒藥生生逼出了原形！

「桀桀……」陰陽難辨的聲音在爾笙腦中響起。「這些凡人倒還有點兒本事，不僅弄到了上古法陣，還弄到了上古毒物。爾笙，妳夫君今日怕是在劫難逃啊。」

「什麼？」

「爾笙不知，上古龍族凶悍難馴，唯一怕的便是這屠龍之毒，天生剋星。此毒一旦入體，便會將他逼回原形，致使其動彈不得，最後只有被活生生地封印或者殺死。」

爾笙看著長淵幾近猙獰的面容，心中懼怕之意從來沒有這麼強烈過。

「上古神龍一族，便是滅在此毒之中，我見長淵方才那表情，他定是想起了許多有趣的事情，桀桀桀桀……」

爾笙忽然憶起許多年前，在那個名叫回龍谷的地方，長淵仰望著直聳入天際的龍柱，神色落寞而哀傷。他就像是個被拋棄的孩子，憤恨天命，卻又只能無能為力地接受……

「爾笙，墮魔吧，把所有都交給我，我給妳力量，助妳救下長淵。他若死了，妳該如何是好？」

長淵……

「嘻嘻，沒錯、沒錯，乖孩子，相信我，我會幫妳。」

爾笙垂下眼眸，輕輕呢喃著：「我會幫你……我會幫你……」越到後面，聲色越近嘶啞。

當她再抬頭的那一瞬，眸中盡是猩紅血光。

清晨時分，無方仙門之中。

仙尊長武窗前掛著的鎮魔鈴倏地清脆一響，立於屋外的靈劍掀炎眸光微動，看向正在屋中打坐的清冷仙人。

長武緩緩睜開雙眼，手中捻了一個訣，窗邊的鎮魔鈴便「叮鈴鈴」地飛到他手中。鈴鐺震顫不已，似在害怕些什麼。

「掀炎，寂悟可是讓爾笙隨那群術士走了？」

掀炎自屋外走進，恭敬答：「是。」

長武一聲冷斥。「我這群弟子當真是一個比一個糊塗。」

掀炎垂頭不語。長武廣袖一揮，起身便往殿外走去。「化劍。」

長武一聲命令，掀炎周身焰光一閃，登時化為一柄三尺長劍，其劍身如豔陽一般，劍刃金赤，而劍身泛白，耀眼奪目。

長武廣袖一拂，御劍而上，身影瞬間便消失在屋內。

清晨的微光斑駁灑下，荒林之中，殺伐已歇。

遍地的殘肢斷骸，混著鮮血與黏稠的綠色毒藥浸溼了土地。

長淵面如死灰，臉上翻出了幾片細小的黑色龍鱗。此時的他雙眼緊閉，汗如雨下，已經無力走動，只能任由爾笙扶著他在樹邊坐下。一鱗劍上的鮮血滴落在兩人衣衫上，染出一朵朵血花，但這些血卻沒有一滴是他們兩人的。

爾笙面無表情地用手將劍刃上的血跡抹掉，她眸中一片猩紅，眼神無比空洞。她觸碰著長淵的臉頰，掌心的鮮血卻抹在他臉上。爾笙一怔，用衣袖擦拭血跡，卻將長淵的臉越抹越花。他額上的冷汗順著臉頰滑下，暈開血液，留下一道淚般的痕跡。

他看起來痛苦極了。爾笙想，她或許應該把讓長淵難受的人都殺掉。這樣，長淵心裡舒服了，她便也不會痛了。

一鱗劍在手中一緊，爾笙踩過許多胳膊和腿，走到了欽差黃成面前。昨夜，她只殺了作法的術士，還沒有動這些飯桶官兵。

「起來。」她冷冷道，但是被浩然龍氣所震暈的人怎麼能聽見她這話，躺著的人沒一個回答她。

卸了他們的四肢，抑或挖出他們的內臟，痛了，自然就會醒。這樣的想法在爾笙腦中一閃而過，她抬起一鱗劍在欽差黃成的手臂上比劃一下，劍刃上殺氣逼人，還未接觸到皮膚便已讓凡人感到極致的壓抑。

黃成一聲呻吟，掙扎著睜開眼，還在恍惚間，便對上了爾笙宛如煞神一般的眼神。他心底一陣駭然，舉目一望，發現四周修羅場一般的情景，登時又嚇得尿了褲子。

「上……上上上仙，上仙饒命！上仙饒命！」

「解藥呢？」

「什、什麼解藥？」

爾笙看了長淵一眼道：「你們給長淵下的毒，解藥交出來，我就放了你，不然……」一鱗劍一揮，在三丈外的地上劃出一道長而深的裂痕。「劈了你。」

黃成面色青白，渾身顫抖不已，他哭道：「上仙，小官、小官只是聽從皇上的命令，來……來請你們二位，別的小官一概不知啊！」

爾笙微微瞇起眼，鮮紅的眼瞳裡好似要滴出血來。「撒謊。」言罷，她微微抬起一鱗劍。

素日裡耀武揚威的官員霎時駭得面如土色，肝膽俱裂。「上仙！上仙！手下留情，我什麼都說，我什麼都老實說！」

他跪趴在地上，涕泗橫流。「此次小官大膽來到無方山冒犯二位仙人，實在是因為皇命難違。皇上聽說傲城出現了神龍真身，不久傲城邊駐紮的軍隊又遇襲，難免以為是有叛黨逆賊在圖謀不軌；但是事情牽扯無方仙門，事關修仙聖地，皇上不敢大意，便將此事交給了國師大人安排，這些術士……這些術士皆是國師大人的門徒。想來上仙所說的解藥，定然在國師大人的手上。」

「國師在哪兒？」

「京城。」
爾笙收起一鱗劍，轉身便背上長淵御劍而走。
黃成在地上哆哆嗦嗦地抖了半晌，待安靜許久，他忽然聽見身邊的士兵居然還有呼吸，頓時心中大喜，連忙狠狠地抽打士兵臉頰，喚他們起來。
忽然，頭頂白光一閃，爾笙竟然又背著長淵落在他面前。
「上……上仙，小官真的什麼都說了。」他以為爾笙重回此地，定是想殺他滅口，一時間悲從中來，想到他的老母、妻兒和幾房美豔的小妾，竟然泣不成聲起來。「真的……真的什麼都說了！」
爾笙瞪了他一眼道：「混帳，你居然不告訴我京城在哪個方向！」
黃成愣然了一會兒。「東……東北方。」
爾笙不再多言，御劍而飛，這次再也沒有回來過。
黃成望著急速消失在視線中的兩人，心想，這樣迷糊的人，真的能殺得了人嗎？他回頭一看，遍地的殘肢斷骸，空氣中瀰漫的刺鼻腥臭讓他打了一個寒顫，他忙大力地拍了拍身邊的士兵。「飯桶！一群飯桶！還不趁現在起來逃命！」
長武趕到這處荒林的時候，便只看見一地的死物。

襬。

他微不可見地皺了皺眉，一腳踏在土地上，溼潤的土立即濺髒他潔白的衣

他恍惚間想起許多年前，知道他的師弟長安三度入魔的那一刻，他已將劍比在長安的脖子上，卻在長安毫無情緒波動的眼神之中收劍離開。那人是他相伴長大的玩伴，更如同他的手足。

面冷的仙尊長武一直是心軟的，但是他的一時心軟卻為流波山埋下禍端，一連數十日的業火將流波仙山焚為灰燼，無數生靈葬身火海……

那時的慘烈之景似乎與此時的修羅場重疊起來。

又一次因為他的心軟……

長武廣袖之中的拳頭漸漸握緊，他想，兩月之約他必定是不能再遵守了，若再見到爾笙，便直接殺了。

掀炎劍在他身邊再次化為人形。看見這樣的場景，掀炎也跟著皺了眉頭。他蹲下身子檢測屍體的傷口，不一會兒，臉上的表情變得更為凝重。

「仙尊，事情有些蹊蹺。」

「嗯？」

「這些傷口之中隱藏著邪氣，很是細微，卻是自皮肉之下浸出來的。」掀炎道：「這些人生前必定修的不是正派仙術，走的是邪道。」

聞言，長武也有些詫然。這些術士之前到無方山來時，他並未察覺他們身上有任何邪異之氣，且每人體內靈力薄弱，憑那點兒修為要想瞞過他，根本就不可能，那到底是為何……

如此想來，這些朝廷中人來的時間也太過巧合。爾笙在無方山時尚在潛心尋找破魔之法，為何一出來便逕直迷失了心智，殺了如此多的人，其中必定有別的誘因。

三年前，爾笙體內的邪靈珠之力早已被壓制下去，而今又是什麼致使她入魔？是巧合還是有人故意引誘，若是有人誘爾笙入魔，其目的又是什麼？

「仙尊，還追爾笙嗎？」

長武蹙眉尋思一番。「而今不知他兩人去向何處，先回無方山，令門下弟子四處尋找，順帶留意世間異動。」

掀炎埋首領命。

長武看著遍地橫屍，忽然想到三年前發生殭屍之亂後，霽靈與他講，她們見到了墮仙長安。

長安說，這世道安穩不了多久了。

長武想，他這個三度成仙、三度墮魔的師弟，定是窺到了什麼天道，才如此提醒……

爾笙從來沒到過京城，三朝古都在層層繁華與奢靡的遮掩下，靜靜流淌著沉重的歷史遺韻。

若是以往，爾笙走在人來人往的大街上，必定會為街邊雕梁畫棟的房屋驚嘆不已；然而今時今日，她背著已全然暈死過去的長淵，滿目猩紅地尋找著自己的目標。

「國師在哪裡？」她見人便問，終是在百姓們駭然驚怕的目光中找到了國師住所——

祈天殿。

傳言這一屆的國師法力高強，久居深宮而不出，卻能護得帝國數載風調雨順。皇帝為了表示對國師的尊敬與看重，特意為國師翻修了皇宮後方的祈天殿，請國師居於殿中，專心法事，為國祈福。

「哪兒來的賤民，快滾、快滾！祈天殿豈是妳等賤民能踏足的地方。」守在大門之外的護衛見爾笙一身塵土汙漬，還背著一個要死不活的男人，以為這又是哪個想請國師為自己親人作法的村婦，心中不屑，大聲喝斥著。

爾笙盯了他一眼，理直氣壯道：「我不想進去，你叫國師出來。」

幾名護衛相視一眼，倏地嘲笑道：「小小刁民也妄想求見國師！」

他們幾人笑得歡樂，言語間全是諷刺謾罵，爾笙靜靜地聽了一會兒，眸中本已黯淡下去的血色又慢慢鮮豔起來。她一言不發，舉步便向門內走去。

一個護衛滿不在意地隨手推了爾笙一下。「走走，看妳死了男人可憐，別逼哥幾個打妳。」

他這一下自是沒有推得動爾笙，護衛笑容剛剛收斂了一點兒，他感到奇怪地看了看自己的手，目光對上爾笙鮮紅的眼珠，心底驀地一寒，只聽爾笙冷冷問道——

「你說誰死了？」

那護衛忽覺有一隻無形的手倏地掐住他的咽喉，令他窒息。其餘幾人見情況不對，都拔出了刀劍指著爾笙。「喂！臭娘……」

話音未落，空中血花一灑，竟是那護衛的手臂被砍得飛了出去。他叫也沒叫一聲，直挺挺地向後倒去，面色紫青，竟是已經死了。

眾人驚駭，場面一時靜得可怕。

「我要見國師。」爾笙再次說道，眼神慢慢落到另外幾人身上。

那幾名護衛只覺得心底打了一個寒顫，有人腿一軟直接摔坐在地；有人恍然回過神來，連滾帶爬地向祈天殿內跑去。

聽聞高牆內的祈天殿裡混亂的聲音一波蓋過一波，爾笙心中竟起了一股奇怪的快感，好似讓別人懼怕是件很高興的事情。

「何方妖孽竟敢大鬧祈天殿！」

爾笙順著這聲叫罵抬頭望去，祈天殿的大門之內，高高的臺階之上有一群身穿道服的青年擺出了陣形。

爾笙背著長淵，跨進門內，仍舊只有一句話：「我要見國師。」

道士們面面相覷，沒有人答話，適時忽聽殿內傳來幾聲極為得意的大笑。

「倒是個執著的丫頭。」

一襲青色道袍的男子走出殿內，穩步邁下階梯，向爾笙走去。眾人見了他，皆俯身跪拜。

爾笙看見他的臉，倏地皺起了眉——竟然是他，孔美人。

不同於爾笙之前見到他時那樣的裝扮，此時的孔美人臉上少了幾分輕浮，多了幾許穩重。他臉上有兩道長長的鬍鬚，襯得他如同一個得了道快升天的中年道士，但不管模樣怎麼滄桑，那雙丹鳳眼卻是藏不住的勾人。

爾笙此前是打從心眼裡討厭他的，若不是他給她灌下了骨蟎的內丹，爾笙也不至於受魔氣干擾，從而誤入魔道；但是此時此刻看見他，爾笙又不覺得他面目可憎，反而，這人身上傳出來的一股莫名氣息，讓她既感覺熟悉，又感覺親近。

但此時，所有的事情都被爾笙拋開，待孔美人快走到她面前時，爾笙伸出了手。「解藥。」

孔美人全然沒搭理爾笙那隻手，摸著下巴打量了暈死過去的長淵一眼，暗自嘀咕道：「還真是上古神龍的遺子啊……不過這種東西不應該趕緊關起來嗎？」

爾笙沒有半絲被無視的尷尬，果斷拔出腰間的一鱗劍，劍尖直指孔美人的咽喉。「給我，否則殺了你。」

一鱗劍上殺氣逼人，孔美人淡淡看了爾笙一眼，但見她眉心那一撮墮魔的火焰印記，又見她眼珠猩紅似血，頓時心頭大喜。「墮仙成魔啊，這世道已有許久沒有這樣的人了。」

一鱗劍劍尖往前一送，刺入孔美人的咽喉，血液慢慢滲了出來。

「解藥。」

孔美人毫不在意地攤手，做一副大義凜然的模樣道：「出來混，總是要死的，妳且殺了我吧。」

周圍的護衛與道士們皆為國師這樣的偉大節操，而感動得熱淚盈眶。

爾笙的眼眸沉了沉，她手中一鱗劍挽了一個劍花，倏地提劍向上，猛地削下一個梳得整整齊齊的髮髻。頭冠落地，裡面挽起來的青絲盡數散開。

孔美人的眉梢動了動，爾笙又是一劍揮下，竟是生生剃禿了他頭頂的髮。

爾笙換了威脅的語句：「解藥，否則，刮禿了你。」

不管是什麼鳥，最怕的就是沒毛……

這一瞬，孔美人表情依舊鎮定，只是眼眸微微瞇了起來，渾身上下溢出的殺氣好似想將爾笙撕碎。

然而孔美人卻仍舊忍下了心中這股怒氣，他想，這個丫頭，居然在這麼短的時間裡修出一雙真眼，竟能看得出他的真身。

照爾笙的修行來說，若要讓她自己修煉得能看見孔美人真身，只怕得要百十來年；但她現在便有了這樣的能力，想來必定是魔氣的功勞。所有入魔的人，魔氣越深，力量便越強，而今看來，爾笙確實受魔氣影響不小。

孔美人盯著爾笙還沒說話，旁邊便有道士吼起來：「妳這妖孽竟敢要脅國師！實在是死有餘辜！」

爾笙二話不說，一記劍氣便甩了出去。孔美人眉梢一挑，寬大的袖袍一揮，竟是在半路中攔下爾笙那記殺氣。他捻著鬍子，裝模作樣道：「休傷我門下弟子，且隨我進殿來，我給妳解藥便是。」

此話一出，道士們皆是一副感動又憤慨的模樣，想勸而又礙於爾笙方才那招威力懾人，不敢開口。

爾笙乖乖地跟著他進了殿，孔美人在關上大殿殿門時，對外面一臉憤慨的弟子們道：「你們且在外面守著，本國師要感化此妖。」

聞言，剛將長淵安置好的爾笙一聲冷笑。殿門「卡」的一聲沉重地合上，隔絕了外面的陽光與嘈雜。

「小丫頭，妳這眼神看起來，似對本王頗為不屑。」沒了其他人，孔美人也懶得裝高深，將兩撇鬍子一抹，恢復了輕佻的模樣。他緩步走向爾笙，每一步都有極沉重的殺氣洩漏出來。「本王看在妳初入魔道，心神不穩的分上，饒過此次妳對我的不敬，若有下次……」

他眼睛一瞇，手指挑起爾笙的下巴。「我會讓妳知道什麼叫生不如死。」

爾笙不躲不避，直勾勾地盯著孔美人。「我只要解藥。」她只想要解藥，其他什麼事也不想管，不管這個妖怪是怎麼爬上一國國師的位置，也不想管他這「王」到底是哪一界的王。她只知道，長淵中的毒是這個人給的，他有解藥，拿到解藥之後，她便要將這個讓長淵受苦的禍害殺掉。

「還真是長了一對不討喜的眼睛。」孔美人甩開爾笙的臉，冷哼道：「小丫頭，別以為本王不知道妳心裡是怎麼盤算的。且不說妳那點兒心機和能耐，傷不傷得了本王，便說妳背著的這個人，救不救，全在於我高不高興；而我高不高興，則在於妳願不願意聽我的話。」

「你想要什麼？」

孔美人笑道：「妳這丫頭醜是醜，不過身上卻藏了不少寶貝，而今又墮入魔道，隔幾日妳便與我一道下九幽魔都去可好？」

九幽魔都……

這地方爾笙曾經聽過。

數千年前，魔教犯上，天帝震怒，派戰神陌溪鎮壓叛黨。陌溪神力卓絕，力壓叛軍而後揮軍直下九幽魔都，殺得整個魔域血流成河，十年不聞魔音，但凡三歲以上的魔族全部殺絕。

這傳說大大樹立了天界的威信，在無方山藏書閣中有不少書都對此事有記載。但書中都是花了大筆墨去書寫戰神的威武，卻鮮少提及差點被殺光了的魔族。

這孔美人……

「既然妳已成吾道中人，遲早有一天也是要去魔都祭奠魔尊的。我魔族經過千年前的大劫，日漸凋敝，族人十分稀少，所以魔族之人在出生之後便會立一道永世成魔的血誓，以保我族血脈。立誓之後，妳便是我族人，受我族保護，如若不然……」

「妳可見過那墮仙長安？那些所謂的正派容不得他，我魔族也容不得他，這茫茫世間，孤寡一人，可悲至極！再者，小丫頭，此時與我去九幽魔都，對尚未修得魔族心法的妳來說可是有大大的益處……」

孔美人威逼利誘的話還沒說完，只見一隻手攤在他的面前。「給我解藥我就去。」

望著爾笙帶著些許暗紅的眼眸，孔美人微微一怔，隨即勾脣笑道：「好，我去拿解藥，不過今日我只給妳半顆，三日之後我在紫琳鎮等妳。彼時，我再給妳另外半顆解藥。」

「那地方在哪兒？」

「位於京城南方的一個小鎮，鎮後的樹林裡隱藏著去九幽魔都的入口。」

「等一下……」爾笙遲疑地叫住了孔美人。「長淵能與我一同進去嗎？」

孔美人咧嘴笑了笑。「我魔族人口少，素來是歡迎外來人口墮魔的。不過，小丫頭，對魔來說，最好不要如此在意這世間任何東西。」他長長睫毛下的眼眸映著冰涼的光，「因為遲早有一天，妳會控制不住慾望，把他親手毀掉。」

爾笙心底微微一冷，目光落在長淵身上。

他安安靜靜地閉著眼，宛如慈悲的佛。

第十五章

入魔已深

長淵是枕在爾笙的腿上醒來的，彼時爾笙正用食指輕輕戳著他在睡夢中無意間蹙起來的眉頭。

兩雙眼眸靜靜地對上，而後他們便一直呆呆地盯著對方，直到爾笙驀地抬手遮住長淵的眼睛，她閉上眼，甩了甩腦袋道：「不小心看成鬥雞眼了，唔……好難受。」

長淵也沙啞了嗓子道：「幫我也揉揉眼。」

爾笙便乖乖地替他揉著眼睛：「長淵。」爾笙停下手上的動作，直勾勾地盯著他。「我們去九幽魔都好不好？」

長淵微微一怔，他看著爾笙瞳孔中的暗紅，心中猛地一跳，絲絲心疼瀰漫出來。他記得他的爾笙本來有一雙這世上最漂亮的眼睛，黑得一塵不染。

見長淵久久沒答話，爾笙心中有些慌亂。「你……不想去嗎？你討厭……魔嗎？」

微微一聲嘆息，長淵伸手摸了摸爾笙的臉頰。「我喜歡爾笙。」喜歡得沒法去討厭她任何一個缺點。

龍這種生物，感情一點兒也不細膩，如同他的招數一樣，渾厚霸氣，一出手便是橫掃千軍之勢。他的喜歡和討厭也是一樣的，要嘛一點兒都不要，要嘛就要全部。

「我也喜歡長淵。」爾笙握住長淵的手，垂下眼眸。「很喜歡。」

「啟程去九幽魔都吧。」長淵道：「我們一起。」

爾笙點頭，腦海中卻忍不住想起孔美人那句冰冷的話——

「遲早有一天，妳會控制不住慾望，把他親手毀掉。」

毀掉長淵？除非她是真的瘋了。爾笙轉念想到自己心中時刻湧動著的暴虐殺意，面色倏地白了下來。如今的她，可不就是瘋了嗎？

長淵坐起身來，拍了拍衣裳，像是突然想到什麼，問：「我身上這毒是如何解的？妳可是找到了那下毒之人？」

爾笙不願意讓他知道自己是怎麼得來的解藥，默了許久，指著頭頂上的樹葉道：「長淵，你看，夏天快到了。今年七月我就該滿十八了。以前娘親告訴我，女孩子到這個年紀就可以生孩子了，到時我給你生個圓圓的龍蛋好不？」

長淵耳根驀地一紅，他沉默了一會兒，隨即抿了抿脣：「好……」他溫吞地道：「七月，很快了。」

下蛋……約莫也快了吧。

被爾笙如此一岔，長淵倒還真就忘了自己原來問了什麼話，兀自在那處細細琢磨，沒一會兒便琢磨出一臉的緋紅。

爾笙想，她的心眼大概是真的變壞了吧，變得會利用自己的優勢，欺負長淵了。

孔美人說的紫琳鎮不大好找，長淵又受了傷，走不快。爾笙心裡害怕三日後到不了孔美人說的那個地方，心中焦急。

長淵見了，以為爾笙是在擔憂自己的身子，安慰道：「中了此毒，我能這麼快地醒過來已是萬幸，提不起神力來也是自然的，爾笙不必著急。」

爾笙不敢告訴長淵真正的原因，只有裝作不急的模樣。兩人走走停停，耽誤了許多時間。在第二日傍晚的時候，卻在路上遇到一個意料之外的人。

爾笙的師姪——辰渚。

當初那個見到長淵便會被他的氣息駭得腿軟的少年，今日已長得與長淵一般高，正是意氣風發的年華。爾笙碰見他的時候，辰渚正將一個豬妖斬於劍下，他聽見身後有腳步聲踏來，警覺地回頭，卻發現是許久不見的爾笙……和她的夫婿。

辰渚剛剛紅起來的臉立馬青了。「爾笙！妳……」他剛想如往常在山中撞見爾笙時那樣喝斥她幾句，但是想到爾笙與這個男人走在一起並沒有錯，他們本來就是夫妻。辰渚喉頭一梗，一時無言。

爾笙見了辰渚，心中霎時起了戒備，她四處望了望，待察覺到沒有其他人之後，緊盯著辰渚道：「我不會回無方山了，你走吧。我不想和你動手。」

辰渚一怔，眉頭深深皺了起來。「妳在說什麼話，妳這副模樣是怎麼回事？仙尊那道命令又是什麼意思？為何竟像是在通緝妳一般？我不過是閉關修煉了幾月，妳又闖什麼禍了？」

辰渚在輩分上雖矮爾笙一輩，但是卻仗著自己入門早，修行方面很有天賦，又肯用功，修煉成績比爾笙之前要好上許多。他與爾笙說話，多半時間是在教訓她，爾笙不喜歡聽，愛用輩分去壓他，兩人常常因為一件小事就能吵得不可開交。但每次爾笙闖出了禍，卻都有辰渚幫她一起頂著。

然而今日爾笙卻沒有與他嗆聲，只淡淡道：「我沒有闖禍，只是事態發展成了這樣，我也沒辦法。」

辰渚沉默一會兒，上前便要將爾笙從長淵那方拉過來，他道：「不管如何，咱們先回無方山再說，有什麼錯我幫妳擔待著。」

長淵目光落在兩人相握的手上，憶起這幾年來辰渚見到爾笙之時，眼中湧動著的情愫。長淵眼睛微妙地一瞇，那樣的感情他不是不懂，只是沒有將辰渚放在心上，在他看來，這不過只是一個少年的單相思，爾笙無論如何心裡裝著的始終是他。

但現在不一樣了，他喜歡爾笙，十分在意她，並且兩人已經承諾好了要下個龍蛋，那麼他便不能再讓別人對爾笙有非分之想，即便只是想也不行。

長淵張了張嘴，還沒說話，爾笙便自覺地把手從辰渚那裡抽出來，認真道：「我不回無方山了，以後都不會回去，我要去九幽魔都。」

聞言，辰渚大驚，登時變了臉色，大喝道：「說什麼混帳話！要教仙尊知道了，定饒不了妳！」

「既然你說仙尊在通緝我，那麼便是他已經知道了。」爾笙垂下頭，不讓辰渚看見她脣邊的苦笑。「我入了魔，殺了人，仙尊此時只怕是想盡辦法要捉我回去除掉。」

辰渚渾身一怔，定定地注視著爾笙，這才發現她眉心竟真的有一枚若隱若現的火焰魔印。他心神巨震，一時呆了神去。

「你回無方山吧，我不想打你，更不想失手殺了你。」爾笙說完，牽了長淵的手便繼續向前走去。

握著自己的纖細手掌出了許多汗，長淵看著她微微埋下頭，腳步快而急地走過辰渚身邊。長淵想，或許爾笙並不像她表現得那樣淡然。

昔日友人今日相見卻已成宿敵。

爾笙即便是身已入魔，但心卻還是清醒的。她本就是一個怕孤獨又怕失去的人，此時她說出這樣的話，想來，最傷心的應當還是她自己吧。

長淵一聲嘆息，握緊爾笙的手。不過還好，他還能陪著她。

「站住！」

見爾笙要走，辰渚急了，「刷」的一聲拔出劍來，直指長淵。「一定是你！此前爾笙都還好好的，定是你誆騙了她什麼混話！」

爾笙反手一劍隔開辰渚的長劍，道：「不許對長淵動手。」

見她將那什麼夫婿百般護著，又對自己如此冷言冷語，辰渚心中萬分惱怒，指著她的鼻子罵道：「妳這沒心沒肺的臭丫頭！怎麼連誰對妳好都分不清楚了？妳這樣子對得起妳師父、師姊？對得起仙尊？對得起無方山？對得起……對得起我？」辰渚急紅了眼，威脅道：「我再說一遍，與我回無方山，否則，休怪我對妳不客氣。」

「長淵對我很好。」爾笙道：「辰渚，抱歉。」

言罷，爾笙拽著長淵，身形一閃竟是要跑。辰渚大怒，一劍向爾笙刺去，是下了決心要將兩人攔下來。

他哪知道這些天爾笙的功力突飛猛進，早超過他許多，當下一個劍花便化解了辰渚的殺招。辰渚再次出招，爾笙心底又萌生出一股遏制不住的殺意。

不行……她警告自己，這是辰渚，她不可以……

一鱗劍劍勢一偏，辰渚抓住爾笙分神之機，一步邁上前，手蜷為爪，一招大擒拿抓住爾笙的手腕，另一手用劍柄生生磕掉爾笙的劍。

「跟我回去！」

一鱗劍是長淵龍鱗所鑄，正氣浩蕩，素日裡為抑制爾笙體內魔氣增長起了許多作用。此時在打鬥中，一鱗劍突然脫手而出，爾笙周身再無什物壓制魔氣，霎時魔氣瘋長起來。爾笙眼眸紅似滴血，她一手搭住辰渚扣在她手腕上的手，辰渚心中一驚，爾笙手下一用力，竟生生將他的手腕扭得脫臼。

辰渚一聲痛呼，心裡更是震撼，滿目不敢置信。「丫頭！妳……」

爾笙身形如魅，兩步跨上前去，一手掐住辰渚的脖子，烏青的唇吐出陰陽難辨的聲音，像是被附身了一般。「我給了你機會走的。」此時，爾笙的指甲突然長得奇長，指甲掐入辰渚的脖子裡，血液慢慢滴落出來。

爾笙見了血，眸中神色更是興奮。

長淵失了神力，只能在旁邊默默看著。見此景，他心知若是爾笙此時殺了辰渚，等她清醒過來必定會後悔不已，當下撿了一塊石子用力準確地砸在爾笙手臂的幾個穴位上。

爾笙手一軟，辰渚摔在地上，他捂著脖子，神色中全是駭然。此時他終於完全相信，那個脾氣不好又任性調皮的丫頭竟然真的成了魔。

爾笙目光盯著地上的石子一會兒，慢慢轉到長淵身上。「為何要幫他？」

長淵慢慢走到爾笙身邊，他此時沒了神力，入魔的爾笙隨時可以掏出他的心臟。長淵卻不以為意，他像往常一般拍了拍爾笙的頭頂。「殺了他，妳會後悔，比誰都後悔，又悔又痛。」

爾笙有些煩躁地摸著自己的指甲。「可是心裡那股想殺人的衝動……像要炸開了一樣……很難受。」

長淵揉著爾笙額前的細髮。「忍忍。」

爾笙便聽話地咬住自己已經魔化得烏黑的下唇，乖乖隱忍心中的衝動。

她相信長淵，也只信長淵了。

長淵看了辰渚一眼，心下心思微轉，立馬撿了一鱗劍讓她好好拿著，隨即帶著爾笙離開此地。他想，左右看不見，便不會心煩了吧。

走出老遠，辰渚也沒有再追上來，爾笙卻停下來不願意走了。「長淵，我還是想……」

長淵回頭看了她一眼，沉默半晌後，忽然埋下頭，雙唇輕輕含住爾笙的唇。他用此前終於領悟到的那點兒技巧，用舌頭挑開了爾笙的唇齒，但是等他侵入到對方領地中時，卻傻傻地呆住了。

嗯……接下來又該怎麼辦呢？

適時，爾笙的舌頭忽然動了動，兩個軟軟的東西觸碰在一起，又馬上分開，好似都被對方嚇了一跳。僵持了一會兒，長淵又小心翼翼地碰觸到那個軟軟的傢伙，這次爾笙緊緊閉上雙眼。

像是福至心靈一般，長淵又開竅了一次……

長長的一個吻，他們之間第一個真正的吻。末了，爾笙脣瓣上的烏黑褪去，眼中的鮮紅也再次隱退。長淵頗為驕傲地淺笑道：「這便徹底不想了吧。」

爾笙點了點頭，她兀自愣了一會兒，又趕緊搖頭。「還想！」

看著她晶亮的眼，長淵難以壓抑心底的愉悅，雙脣再次相接，兩人都乖乖閉上眼。

她要，他給，就這麼簡單。

九重天上，天宮之中。

天帝坐於榻上，身上只穿著一件中衣，大傷初癒的他面色還有些難看的蒼白。他手中握著一面女子用的菱花鏡，若是三生在此，定會認得此鏡是司命房中之物，是司命用來窺探下界凡人生活的至寶。

此時鏡子被捏在天帝手中，臉般大小的鏡面映著天帝深鎖的眉頭。他好似考慮了許久，終是捻了個咒，一拂鏡面，平靜的鏡面立即出現絲絲水波，慢慢蕩漾開去。隨著波浪的平息，鏡面裡逐漸出現兩個人的身影，正是爾笙與長淵。

適時，他們倆正在甜甜地親吻，兩人臉上都是說不出的饜足與幸福。

心口一緊，漆黑的眼眸犀利地一瞇，天帝一時竟遏制不住自己的怒氣，生生將菱花鏡捏了個粉碎，鏡中情景自然也不復存在。天帝冷冷一笑，心底卻是怒極。「很好，很好！司命，妳果然膽肥了。」

銅鏡的粉末在空中飄揚了一會兒，終是慢慢沉寂於地，天帝站起身，一腳踏過地上的粉末，披了外袍便往門外走去。

「來人，宣戰神陌溪！」

天宮位於九重天的至高之處，天帝的寢殿更是能將天界風光一覽無遺，他定定盯著司命的欽天殿，道：「朕必將那孽龍重新關入萬天之墟，永世不得自由，還這世道一個清靜。」

話雖這樣說，但此刻他閉上眼睛，腦海裡浮現的不是蒼生大計，不是天下萬民，只有一個司命在他面前不卑不亢地說著——

「帝君，左右你現在是沒有天后的，每日又如此板著一張馬臉，估計以後也很難有個天后。我心裡不奢求坐上那個高高的位置，但是我喜愛你，你也如同我喜愛你一樣喜愛我吧。」

而現在，本該懷揣著喜愛的心情、乖乖為天庭效命的司命星君，竟然為了一條莫名其妙的龍跑去下界，他們甚至……

司命，妳這是犯了欺君之罪！

人界——

長淵與爾笙一路上四處詢問，終是在三日之期找到了孔美人所說的紫琳鎮。剛剛走入鎮中，爾笙還沒有發覺什麼，倒是長淵的眉頭微微蹙了起來。

行至一間客棧門口，爾笙忽然頓住了腳，她望著客棧許久，問：「長淵，你說咱們是不是到過這個鎮子？」

「到過的。」長淵答：「三年前，殭屍之亂，咱們便是住在此處。」

爾笙心中一動，也就是說，她的家鄉、她自小長大的村子，便在這鎮的北方。

這些年來，爾笙再沒回過村子看看，即便從無方山到村子裡只需御劍一、兩天時間。她有意無意地逃避著過去，好似不回去看看，不去確認，那些平凡的人便還在記憶中快樂地活著一樣。

測。

而今日……

爾笙脣邊彎出一抹淺淺的苦笑，當初離開村子算是她踏上修仙之路的第一步，而今日……她卻是為了去九幽魔都而回來，這之間的因果緣法當真不可猜測。

「爾笙可知如何從此處進入九幽魔都？」

爾笙正搖頭說「不知」，一道聲音插了進來。

「唔，小丫頭還算守信。」孔美人身著七彩斑斕衣裳，自街的另一頭緩緩走來，他這身衣裳華麗非凡，只是襯得頭頂上的帽子有些多餘笨重，不過這倒不影響他成功引來了許多百姓的矚目。

他似很滿足這樣被萬眾矚目的感覺，走得越發昂揚，行至長淵面前，他卻忽然皺了眉頭，上上下下打量長淵一番道：「上次你閉著眼，臉色難看得跟鬼似的，我便忘了與你比美的念頭。而今看來，你確實有資本與本王比上一比。」

孔美人「啪」地一下打開折扇，與長淵並肩站作一堆。「小丫頭，妳來評評，誰更美？」問完，他妖嬈一笑，帶著點兒惡作劇的壞意。「妳要膽敢說我不如他美，我便捏碎了那半顆解藥。」

爾笙默了一會兒道：「既然你用這樣的手段威脅我說謊，我也沒辦法，好吧，你更美。」

孔美人臉皮抽了一抽，還沒說話，卻聽長淵微微沉了嗓音問：「什麼解藥？」

爾笙面色一白，眼珠轉了轉，不知該如何回答。

孔美人見此情景，倏地笑了。「小丫頭竟還沒與你說？即便她不與你說，你也該猜到才是。上古神龍中了屠龍之毒，你應當比誰都清楚那下場，若是沒有解藥，別說清醒了，便是勉力活著也是困難。」

長淵眸光一厲，緊緊盯著爾笙問：「妳為了換解藥才答應去九幽魔都？」聲色竟是從未有過的嚴厲。

「我……」爾笙支吾著不知該如何回答，憋了許久才堪堪憋出一句：「長淵，我怕你不見了……你不見了，我便是真的只有一個人了。」

長淵喉頭一梗，一時無言。半晌後，他才嘆息道：「我說過會一直陪著妳。我以為妳忽然想去九幽魔都只是為了尋找一個歸屬，找一個能讓妳容身的地方，但是……」

他微微一頓，眸光寒涼地盯著孔美人。「我不會讓妳因為我而對任何一件事委曲求全。」

孔美人挑了挑眉，他從懷裡慢吞吞地摸出另外半顆解藥，在爾笙面前晃了晃。「唔，這麼說來，本王手中的這寶貝倒是個無用之物了，小丫頭，妳說我把這個東西扔掉可好？」
話音一落，爾笙眸光一紅，身子一動正要出手，卻猛地感到肩上一股力將她摁住。長淵淡淡斜了孔美人一眼，眸中的不屑與嘲諷瞧得孔美人額上青筋一凸。
長淵淡淡道：「妳只需憑自己喜好。妳若想隨他去，咱們便隨他去；妳若不想隨他去，今日我便是在此地化了真身也不讓誰帶妳走。」
孔美人面色一青。神龍真身，刀槍不入，這龍還擺出一副不要命的模樣……魔界大計實施在即，他可沒精力與神龍鬥。
爾笙眼眶微熱。「可是長淵你身上的毒……」
「數萬年前，天界以此毒屠我一族，我當時能活，現在也能活。」長淵道：「所以，沒有什麼能威脅妳，妳且順著心意說就是。」
爾笙垂下了頭，她弱弱道：「長淵，你要我怎麼回報你……下十個蛋都回報不了……」
長淵的臉頰默默起了幾許暗紅。爾笙點了點頭，似下了什麼決定。「我想……」陪你一起遊歷天下。
後面的話還未來得及說出口，天空中一記凌厲的殺招突然降下，直直往爾笙身前砸去。爾笙大驚，忙拉著長淵退開。

孔美人也被逼得不敢硬接，只好撤身躲開。剛站穩身形，他抬頭一看，見了空中那個白衣飄飄、帶著一身仙家正氣的人，登時皺起眉頭。

無方仙尊，他的出現可沒有在計畫中。

街上看熱鬧的百姓們，被這突如其來的「旱雷」嚇得四處奔走，各自尋地方躲了起來，以免被打架的神仙殃及。不一會兒時間，整條大街上便只剩下他們三人和空中的仙尊長武。

「孽障！」長武一聲低喝，手中的掀炎劍劃出一道熾熱的白光。「我只道妳是不慎入魔，本欲助妳脫去魔印，不料妳竟自甘墮落，要隨這妖魔去九幽魔都。我不殺妳，枉修仙道。」

爾笙勉力接下這一招，心中慌亂，忙道：「我不想去了！」

仙尊冷冷道：「去與不去而今都留妳不得，今日妳能殘害同門，他日必定危害世間。」

爾笙渾身一顫。「害誰？我沒有殺害同門……」爾笙恍然間記起辰渚，可她只記得自己僅是將他的手腕扭脫臼了而已，不曾要他性命。不過仔細一想，事情確實有些蹊蹺，按照辰渚的脾氣，即便是被爾笙打斷了手，他也會不死心地追上來，而昨日……

「辰渚……死了？」

仙尊一聲冷笑。「妳比誰都清楚。」

孔美人閒閒地搖了搖扇子，遮住脣邊詭異的笑。

「我……」爾笙面色一白，呆呆地看著自己的手掌，難不成真是昨日她一個沒留意下了狠手？她搖頭道：「我沒有殺人，沒有殺了辰渚。」

長淵聞言，緊緊蹙起眉頭。爾笙沒有殺辰渚，他很清楚，但現在辰渚卻死了，唯一可以解釋的便是有人栽贓嫁禍。

他的目光犀利地落在孔美人身上。這個孔雀妖魔給爾笙三日之期，讓她自行找到此地。既然他想帶爾笙入九幽，大可自行帶她過來，既斷絕了她反悔的機會又不會節外生枝，為何還要偏偏給她這三日的期限……

長淵還沒想出一點兒眉目，忽然自長武身後御劍而來許多人影，仔細一看，竟是無方山的一眾長老，還有沉醉與霽靈。在眾人都還未反應過來之時，沉醉的身影突然降在地上。

爾笙呆怔地張嘴喊：「師父……」

「啪！」沒給任何人阻攔的機會，一個耳光已經狠狠打在爾笙臉上，沉醉一臉陰沉的憤怒，素日的嬉皮笑臉完全不見了。「我教的好徒弟！」

爾笙渾身無力，隨著沉醉這記耳光的力道，一頭倒在長淵的懷裡。

長淵忙將爾笙抱住，感覺到她身體的顫抖，他只覺有一股說不出的酸澀浸染心間，血液中流淌出一股憤怒。但是他知道，現在發火揍人沒有半點效果，只會把爾笙這莫須有的罪名坐實。長淵冷冷望著沉醉道：「辰渚不是她殺的，你不該打她。」

沉醉一聲冷笑。「妳可知辰渚那小子至死都在喚著誰的名字？爾笙，妳怎麼下得去手！」

「她自然下不去手，人不是她殺的。」

沉醉的目光終於落在長淵身上。「我無方山門內之事，與你何干？」

「確實無關，不過你們聲討的是我的妻子，你們要她因為一件根本就不是她做的事而懲罰她，這便與我有關。」

沉醉冷笑連連，拔劍出鞘，直指長淵道：「閃開，無方山處置孽徒還容不得外人插手。」

劍一出，氣氛頓時緊張起來，空中的長老們都握著自己的法器，對付妖魔他們向來不心軟。

一時間，殺氣瀰漫。

「唔，我這是見證了什麼？」

一直沉默著的孔美人此時忽然道：「一群老不死的修仙者藉著除魔衛道的名義，以多欺少，棒打鴛鴦？」他搧著扇子，笑得嘲諷。「無方閒人們倒是越發的沒品了。」

此話一出，空中的眾人臉色皆是一變。寂悟忽然上前一步說道：「邪魔妖物，本就應當誅殺，此孽徒殘害同門可見心智已失，留不得。」

長淵又一次說道：「辰渚不是她殺的。」

「辰渚不是我殺的。」長淵的懷裡傳出一個細細的聲音附和著。「師父，您相信我，辰渚不是我殺的。」

在爾笙看來，她變成現在這模樣，別人怎麼看她已經無所謂了，但是沉醉和霽靈不行，因為心裡在意，所以怎麼也無法忍受他們誤會。

沉醉手中的劍微微一顫，他臉上的怒意平靜了些許。他們是在昨夜發現了辰渚，發現他的是無方山一名弟子，眾人趕過去時，辰渚已經奄奄一息了。平日裡那麼意氣風發的孩子，卻僵冷地躺在地上，他看見霽靈，拽著她的衣襬落下許多淚，叫了聲「師叔」後，口裡反反覆覆唸叨著的就只有「爾笙丫頭」四個字。

辰渚死於穿心的一劍，他除了手腕脫臼，身上並沒有其他傷口，可見下手的人手段極為俐落，沒有半分猶豫。劍傷窄而薄，極似爾笙的一鱗劍造成的。今早又有弟子來報，說在不遠處的紫琳鎮發現了爾笙蹤跡，她與一個妖魔在一起，正欲投奔九幽魔都。

當下仙尊盛怒，隻身一人便先行趕了過來，他們也隨即跟來。

沉醉想到辰渚去世時的模樣，又想到這樣的事竟是自己百般縱容的徒弟做出來的，頓時覺得痛怒難言，上來便直接給了爾笙一巴掌。而現在見爾笙這模樣，心裡又想或許此事真的有所誤會。若是爾笙當真能那麼俐落地殺掉辰渚，現在又何必再對他們解釋……

他正想著，還站在空中的霽靈已向長武跪下去。「仙尊，此事怕是另有隱情，霽靈還請——」

「無須多言。」長武卻一揮衣袖打斷霽靈的話。「今日她便是沒有殺辰渚也該誅，我無方山斷不能再養出另一個墮仙長安。」

爾笙渾身一震，微微抬起的臉再度深深埋進長淵懷裡。

見爾笙這樣，長淵心中既痛又怒，卻不知該怎麼安慰爾笙，唯有輕輕拍著她的背。忽然半顆藥丸遞在他的面前，孔美人涼涼道：「吃了吧，今日不動粗，這些閒人是不會讓你們離開的。」

長淵心思一轉，也不客氣，拿過解藥便吞下。

孔美人見狀，笑眯了眼，他倨傲地仰頭道：「這小丫頭已是我魔族中人，受魔神庇佑，你們今日要拿她，先過本王這一關。」

長武一聲冷哼，不再多言，手中掀炎劍一揮，人影已消失在空中，等他再出現時，已到了爾笙面前，他只需輕輕揮一揮劍便能砍下爾笙的頭。長淵心頭一驚，眉頭緊鎖，解藥還沒在他體內散開，他神力未復，只有憑著本能一手將爾笙摟住轉了半個圈，用自己的身子去擋劍。

孔美人哼哼兩聲：「仙尊你未免太不拿本王當回事。」

他手中折扇合攏，只聽「叮」的一聲，長武的劍竟被輕易挑開。

孔美人廣袖一揮，魔氣溢出，一邊擋開長武等人，一邊將長淵一抓，大喝一聲「走！」

三人霎時遁地而去，不見蹤影。

長武卻沒有就此放過他們，掀炎劍直插入地，他毫不吝惜地將仙力蠻橫地灌入大地中，數道仙力凝成的白光急射而出，向四面八方追去。忽然一聲沉悶的聲響自地中傳來，塵土騰飛中，眾人看見數丈外的地面慢慢滲出一攤血跡，隨後滴滴點點地往北延伸而去。

長武沉聲吩咐：「往北追，今日定將妖魔斬於劍下。」

尚在空中立著的眾人一聲應和，皆御劍向北追去。唯有霽靈行至沉醉身邊，兩人相視一眼，皆在對方眼中看出一絲疑慮。沉醉遲疑道：「仙尊，辰渚之死實有蹊蹺……」

「你還不懂我的話嗎？」長武拔劍而出，向北走去，腳步沒有絲毫猶豫。

「除魔之時，容不得絲毫心軟，婦人之仁必將留下更大的禍患。」

「可是仙尊……」霽靈還欲說話，長武已拂袖而去。她咬了咬牙，也跟了上去。

再說爾笙那一方，長武那記靈力擊中孔美人的背，硬生生地撞出一道血口子。孔美人憤怒不已，不為自己身上的傷，而是為了那件色彩斑斕的衣裳。他恨恨地跺了跺腳。「遲早有一天，我要讓你無方仙尊趴在地上哭！」

行至樹林中，身後的仙人暫時沒有追上來，他們得以短暫地歇一會兒。孔美人往林中一指道：「繼續往前走，會有一片白色的花海，過了那裡，離九幽的入口便很近了。小丫頭，妳現在可是想好了要不要入九幽？」

他淡淡笑著。「妳今日可是看清楚了？這世間已經沒有妳的容身之處了，不管妳以後做什麼事，是對是錯，只要妳是魔，便有人一門心思地想除了妳，不入九幽，妳還有別的出路嗎？」

爾笙垂著腦袋默了許久，幽幽問：「辰渚，是你殺的？」

孔美人彎唇笑了。「丫頭不傻嘛，是我設計害妳又如何？在京城我便看出來，妳不是誠心想入我魔道，我不害一害妳，把妳逼得無路可走，妳始終是心有不甘的。」

爾笙點了點頭，肯定道：「辰渚是你殺的。」

孔美人脣角的笑還未來得及收斂，忽覺一記殺氣迎面劈砍而來，他下意識地閃身躲開，第二記殺招接連而至，招招直殺他的要害。

一鱗劍舞出的劍嘯令聞者膽寒，孔美人避之不及，被生生刺中了左肩。他心中大驚，抬頭一望，只見爾笙面上血色全無，一雙紅得滴血的眼眸惡狠狠地望著他，烏青的脣隱隱露出兩顆尖利的獠牙，好似要將他生吞活剝了一般。她握著劍的手更是長出長長的黑色指甲，儼然已經完全魔化了。

孔美人心中既是懼又是喜，懼的是今日他這條命恐怕是會交代在這裡；喜的是數千年來，爾笙是第一個墮魔這麼短時間內便能獲得如此強大力量的人。若是將她這股力量利用起來，他日攻上天界也不是不可能的事。

一劍擊中卻沒傷到他的要害，爾笙毫不猶豫地拔出劍，又一次攻上前去。

長淵此時神力已恢復，他靜靜地站在旁邊，看著爾笙幾近瘋狂地與孔美人對戰，對方流出越多的血，她便越是興奮。打到最後，只怕爾笙也不清楚自己到底是在復仇，還是僅僅只為了宣洩內心焦躁的嗜殺之意。

長淵頭一次有些不知所措起來。

他不知道自己是應該上前攔下爾笙，還是任由她宣洩自己內心的痛苦。

他想，若是爾笙繼續憋下去，她只怕是會瘋了；但若是她一直如此肆意地追求殺戮的快感，那麼也就已經瘋了。

一鱗劍再次沒入孔美人的身體中，他的身體已如他的衣服一般千瘡百孔、慘不忍睹，色彩斑斕的衣裳此時已變成一片猩紅的爛布。孔美人呵呵笑道：「爾笙，假以時日，妳必定能登上我魔族空懸了千年的王座。只是照妳如今這般以命相搏的打法，定是活不了那麼久的。到最後妳會難看地死掉，然後殘破的身體被體內的骨螭內丹，或說新的邪靈珠控制，完全變作一個行屍走肉的怪物。」

長淵聽得眉頭一緊，爾笙卻咧開了嘴，詭譎地笑道：「那又如何？反正那時候我也已經不在了。」

爾笙劍頭一挑，在孔美人的肩上生生削下一塊血肉。她笑得十分歡愉，手往下一用力，又割下一塊肉來。

孔美人終是忍不住疼痛，一聲悶哼。

爾笙滿眼的興奮：「這便是凌遲……真讓人愉快……」

她抬起手，還想動劍，忽然手腕被人緊緊握住，她回頭一看，卻是長淵神色沉凝地盯著她。爾笙不解地問：「為什麼抓住我？」

「妳當真覺得愉悅？」

長淵聲色嚴厲，駭得爾笙一愣。爾笙呆滯地轉過頭，望著已頹敗不堪的孔美人，他的面前擺著兩塊血淋淋的肉，正是爾笙方才割下來的。爾笙本就蒼白的臉色更加難看起來，她不知是想到什麼，額上慢慢浸出一層冷汗。

她左手劇烈顫抖著握上自己右手，她害怕道：「這是我做的？」她想扔掉一鱗劍，但是她的右手卻不聽指揮，仍舊執著地往孔美人身上割去。

爾笙滿臉的驚駭惶恐，她拚命地拍打自己的右手。「不行！放手！」她回頭無助地望著長淵。「長淵……我止不住，身體不聽我的。」

爾笙這一回頭，長淵才恍然發現，她的眼珠竟不知從什麼時候變作了一邊烏黑、一邊鮮紅。好似一體兩人，一個入魔至深，一個還是之前的爾笙！

孔美人重傷，他趴在地上咯咯笑著。「邪靈珠已變作了半個爾笙，你們倆約莫是合體了吧。」

他貼著地面的耳朵聽到不遠處傳來的動靜，隨即慢慢閉上眼，身子一點點沉入土地中：「小丫頭……或者現在該叫妳邪靈珠？方才告訴妳的九幽方向可別忘了，本王在那方等著你們。」

他脣邊的笑暗含嘲諷。「別忘了將追來的仙人都殺了，他們不該知道九幽的入口。」

長淵心中怒極，此人害爾笙入魔，而今又使各種法子引誘爾笙，實在該死。他腳往前一踏，狠狠踩在孔美人還沒來得及沉下去的另一半臉上，用力地碾踩，誓要將其踩個粉碎。

不料最後那孔美人的身體竟變成了半截樹根，破破爛爛地躺在地上，原來這只是孔美人施了術的一個傀儡。

樹根刻的臉嘻嘻怪笑著。「打人不打臉，神龍，你太沒品了。若對本王有所埋怨，便快些到九幽來吧，本王已給你們備好了盛宴。」

第十六章

殺了我

長淵自是無暇去想那頓盛宴會是什麼，無方山的長老們已經追了過來。爾笙的左手正在用力地與她的右手做鬥爭，她見了長老們的身影，心中更是焦急，無助地望著長淵。

長淵正想著不管爾笙變成什麼模樣，先擋退了這一群仙人再說。他一抬眸，忽見爾笙面色幾番詭異的變幻，而後她勾唇笑了笑。「來得正好。」一鱗劍在她手中一振，劍身上的血珠順著劍刃飛舞出去，爾笙涼涼道：「方才還未鬥得過癮。」

她一步踏向前，眼瞅著便要衝過去與長老們酣鬥一番，長淵卻忽然自她身後拽住她的手，他眼中盡是不贊成的神色。「爾笙，妳此時越與人鬥，魔氣便越為深重，實在不該如此放縱，且盡力將魔氣壓一壓。」

爾笙一怔，雙眸中的顏色一會兒黑，一會兒紅，最終她仍是甩開長淵的手，道：「今日就算不殺他們，逃了過去，他日他們必定也會殺了我。」

看了看自己被爾笙丟開的手，長淵有些呆愣，默了許久，他面色一沉，頭一次對爾笙用了強。他一把拽住她，強硬地將神力灌入爾笙體內，一邊壓制她的動作，一邊肅容道：「妳心神混亂，拿不準什麼對妳好，什麼對妳不好。今日我們不去九幽，也不與無方山眾人鬥……」

「孽障休想逃走！」追來的寂悟一聲大喝，祭出來的法器夾帶著靈力狠狠地砸了過來。

爾笙也不著急，不躲不避，只是冷笑道：「長淵，我不與他們鬥又如何，這些人是鐵了心地要收拾我。」

此時長淵正被爾笙的態度刺得起了怒氣，寂悟這突如其來的一招擾了兩人之間的對話，更是讓長淵怒火中燒。他廣袖一揮，將迎面而來的法器狠狠打落，不料爾笙卻在他分神之際，猛地掙脫他的禁錮，提著一鱗劍便直直衝寂悟砍過去。

即便是爾笙入了魔，寂悟從不曾想過有哪個弟子膽敢對他刀劍相向，爾笙忽然主動攻來，驚得他臉色大變，心中被冒犯的怒氣更是一層層地燒了起來。「實乃孽障！」他終是拔出腰間佩的劍，與一鱗劍清脆地撞在一起。

「老傢伙有點兒本事。」

寂悟氣得渾身發抖。他是同輩當中修行最為努力的人，但是因為天資不高，也是最晚修得真身的人，以至於相貌看起來是所有人中最老的，自然他也最忌諱人家說他老。

「人吶！」一招過完，兩人各自落地站穩，爾笙望著寂悟咯咯笑道：「人總是越缺什麼，便越是怕別人說什麼。你沒有天分，修行又苦又累，卻仍是最後一個取得真身的人。你權慾過重，總想做無方山下一任仙尊，然而在我看來，你們仙尊立的接班人只怕另有其人，比如說——沉醉。」
忽聞此言，寂悟眉目間殺氣一閃而過。
長淵沉聲低喝：「爾笙！」他聽得出來，這番言語是爾笙在誘出寂悟心底的陰暗，修仙者一旦有了這樣的想法，走火入魔便不遠了。
忽聽長淵這聲喝斥，爾笙面色又是幾變，她一隻手艱難地抬起捂住嘴。此時其餘的長老們已經陸續趕到，眾人身上瀰漫著的殺氣讓爾笙眼眸中僅剩的些許清明之色也消失了。
長淵眉目一沉，縱身上前便要抓爾笙回來，然而寂悟卻忽然出手，攔住了長淵。他大聲呼道：「此人法力更在那魔孽之上，切不能讓這兩人待在一起！」
話音剛落，便立即有幾位長老飛身過來，一同攔在長淵面前。
「滾開！」長淵動了大怒，黑眸之中金光層層閃過，神龍之氣浩浩蕩蕩地震懾而出，懾得眾人面色一變。
無方山長老們修仙多年，此生也經歷過不少危險之事，此時雖然被長淵的力量鎮住，但立時便回過神來。眾人互換一個眼神，當下腳步變幻不斷，立時擺了個殺陣出來，將長淵團團圍住。
這邊幾位正與長淵鬥得認真，另外幾位長老自是不甘示弱，與爾笙你來我往地過起招來，一邊打一邊引誘著她往樹林深處走，想將她與長淵分開。

爾笙順著他們的意往林中而去，幾人的身影沒過多久便徹底消失在重重樹影中。

一道白光倏地劃過眾人視線，緊追爾笙而去。長淵看得真切，那竟是仙尊長武的身影！他心中陡然生出一股不祥的預感，想要追去，但這些人仍舊死纏著他，不讓他離開。

長淵的目光寒涼地掃過眾長老的臉。與凡人動手，他向來不喜動真格，以至於上次輕易地著了那些術士的道，而這次……

黑色的髮絲無風自動，神力自腳底而起，纏繞著他急速上升，逕自捲入天際。不一會兒，好似有一條真氣凝成的黑龍自他身體中衝出。龍嘯九天，大地戰慄地顫抖，威武的龍身盤踞在他周身，他一抬手，強勁的神力澎湃而出，只聽空中幾聲清脆裂響，眾長老拚盡全力結出的法陣霎時支離破碎。

長淵緩步而行，每走一步，大地皆是一次震顫，有幾位長老甚至站立不穩，摔倒在地。

眾人驚懼不已地望著他，他只淡淡看了寂悟一眼，道：「資質天定，而卻只能專於一方，造一處專研之絕才；而勤乃後天所養成，萬事皆以勤補拙，事事皆勤而習之，乃是成全才之道。爾笙方才的話，不可聽信。」

言罷，也不理會眾人的愣怔，他逕直向樹林中而去。

長淵的步履看似慢而緩，卻是一步十里，不過一瞬的時間便追上了長武。兩人並行，卻不看對方一眼，直直行至那方白色絨花遍布之地，兩人見了眼前情景皆是一怔，頓住腳步。

白絨花之上灑落著猩紅的血跡，無方山幾位長老的屍身殘破地擺在花叢中，爾笙持劍立在那方，渾身鮮血。

一隻蝴蝶正停留在她的唇上，好似在吸食她臉上的鮮血，詭譎萬分，卻有一種怵目驚心的糜爛之美。

爾笙緩緩轉過頭來，她輕啟唇，停在她唇上的蝴蝶被驚動，振翅飛走。她表情迷幻，好似受了什麼蠱惑，一會兒咯咯笑著說：「長淵，你看我現在已經很厲害了。」一會兒又空洞木訥地說：「我試過控制他的，可是卻挖出了長老的心。」

「我現在……」她一邊笑著，眼裡卻滾落出了猩紅的淚水。「……大概已經瘋了吧。」

風起，絨花漫天飛灑。

最後爾笙只是握著一鱗劍孤單地站在那方，一遍遍地重複。「我大概瘋了吧。」

長淵心神巨震，爾笙明明還在那方僵硬地站著，但是他卻彷彿看見她蜷縮在黑暗中，哭紅了一身。她在淒涼而無助地求救，卻沒人幫得了她。

她大概已經瘋了吧……

長武握著掀炎劍的手用力至泛白，多年前，長安火燒流波山的那一幕好似又浮現在眼前。他心中悲痛難辨，一聲低喝，縱身向前，將渾身仙力盡注掀炎劍中，劍上光華大盛，攜雷霆之勢狠狠向爾笙劈砍而去。

爾笙不躲不避，仍舊站在那方。

但是，在掀炎劍距爾笙頭頂還有一尺的距離時，一層渾濁的結界忽然自爾笙心房處彈射而出，竟硬生生地接下長武傾盡全力的這一劍。

劍光與結界激烈地抗爭著，摩擦出灼目刺眼的光華。

長武是拚著同歸於盡的心思也要將爾笙斬於劍下，此時更是將內息都調動了起來，哪想此時爾笙的力量竟蠻橫至斯，結界紋絲不動，倒逼得他生生嘔出一口鮮血。

長武清修多年，血液之中自是有一股淨化之力，這一口血讓爾笙結界登時軟化不少。長武見機，不顧損傷自己的元氣，再度強硬地將仙力注入掀炎劍中，掀炎光華再盛。

只聽「嗤啦」一聲，渾濁的結界告破。

掀炎劍不收餘勢，一劍砍入爾笙肩頭……

適時，在掀炎劍快沒入爾笙肩頭的那一刻，爾笙眼珠突然轉出一個詭異的角度，狠狠盯住仙尊。她不躲不避，連一鱗劍也棄之不用了，她一手蜷指為爪，鋒利烏黑的指尖直直向長武挖去，竟是想生生掏出他的心！

長武也狠了心思，察覺到爾笙如此狠辣的招數，也不收招，眼瞅著這一劍砍下，劈了爾笙，他也會賠上一顆心。

剎那之間，白色絨花倏地騰起，沒人知道長淵是怎麼過去的，等爾笙血紅的眼慢慢將長淵看清楚時，仙尊的掀炎劍已劈砍在他的背上，衣衫被劍刃灼燒得殘破，但是掀炎劍卻未能真正傷到長淵，黑色的龍鱗浮現，將掀炎劍的攻勢盡數擋住。

背脊上的龍鱗一振，已傷了元氣的長武被震懾得堪堪往後退了數丈，長武落地站穩，捂住胸口，已是受了重傷。

爾笙的臉上濺到星星點點的血漬，溫熱的血液卻並不是來自長武。

爾笙睜大了眼，好似極為恐懼一般，她吃力地轉動著眼珠，目光終是落在長淵的心口處。在那方，她尖利的指尖深深地埋入他的皮肉中，她好似能感覺到裡面那顆心臟的跳動，不慌不忙，十分平穩，一如往日的長淵。

「龍……龍鱗呢？」爾笙顫抖著，下意識問道。

她不知，長淵身上那塊最堅硬的護心鱗甲早被他拔了，做成一鱗劍，像糖果一樣送給了爾笙。

「咳。」長淵一咳，壓抑在喉頭的濃血溢出脣邊，淋溼了落在地面上的一鱗劍。看見爾笙眼中的驚恐，他抬起手，安慰般摸了摸她的頭，像沒事人一樣說道：「無妨，沒傷到心脈。」

爾笙思緒大亂，她動了動指尖，想拔出指甲。長淵渾身微微一顫，似是痛極，他咬緊了牙，一聲沒吭。緩了好一會兒，長淵才微微嘆息，輕緩道：「爾笙，放鬆，指尖別用力……」

他話音未落，爾笙卻不知道受了什麼驚，迅速地將手指拔出來。

饒是長淵再能忍，在那一瞬仍舊白了臉色。

「對……對不起。」爾笙見狀，臉色卻變得比長淵更加難看，她抱住自己的腦袋不停拍打。「裡面有人，有人讓我捏碎心臟……那人要害你，我怕我又控制不住了。」

「我怕……」爾笙一邊拍著自己的腦袋，一邊踉蹌著往後退，她沙啞道：「我制不住他，每次見我，他都在笑。每次他一笑，我再回過神來便一手血腥了。長淵……我怕。」

爾笙幾乎從來沒有當著長淵的面跟他說過一個「怕」字，她向來是膽大又逞強的，此時說怕，定是已經走投無路，怕到極致了。

她抱住自己的頭，一步步向後退去，神色慌亂無措，尖利的指甲戳破眉心的魔印，黑色的血液涓涓流出，像細蛇一樣蜿蜒著爬了她滿臉，看起來可怖又噁心。

長淵強抑住胸口翻湧的血氣，止住了胸口外溢的血，他上前兩步緊緊抓住爾笙手腕。爾笙掙扎著要推開他，長淵卻靜默無言地將她拉到自己懷裡，用力地抱住。爾笙掙得越厲害，他便越是無法放手。

他不知自己該說什麼安慰的話，也不知自己能做什麼去讓她不再害怕，這樣抱著爾笙，不知是在安慰她還是在安慰自己。

他痛恨著自己的無能為力。

龍族慘遭滅族之時，他尚年幼，唯有眼睜睜地看著自己的族人以身軀築起沖天的龍柱，而後被封印起來。在萬天之墟中，不管他再怎麼想獲得自由，也只有被無盡的黑暗牽制，無法衝破禁錮。而現在……

他空有一身神力，仍舊沒法幫爾笙分擔哪怕一點痛苦。

不管他變成了什麼模樣，這個世上總是有他無能為力的事。

不知過了多久，爾笙漸漸靜了下來，她靠著長淵的肩頭，兩人都是一身狼狽的血。爾笙忽然冷靜道：「長淵，殺了我吧。」

心跳在此時突然落空，長淵垂下眼眸，靜默無言，只是手臂將她抱得更緊了。

「他們說得沒錯，我不能活著了。」爾笙聲音很輕：「屠戮了這麼多人，害了這麼多人命，我再也無法說服自己，我還很好，我還能贖罪。我癲狂地活著，卻要拿萬千人命來祭奠，這樣的『活』還有什麼意義？」

爾笙從長淵懷中抬起頭來，望見白雲從頭頂悠悠飄過藍天，她平靜的表情慢慢變得僵硬，而後猙獰起來，眼珠也再次鮮紅、溢滿殺氣，唯有嘴角無奈的苦笑還掛著。她聲音緊繃，咬牙道：「長淵，救救我……」

音落，狂風大起，一併將所有的白色絨花齊齊捲上蒼穹。爾笙臉上遍布的黑色血液宛如凸起的經絡，凶狠地盤踞在臉上，將她的容貌割裂得支離破碎。她渾身忽然捲出一股烏黑的氣息，生生將長淵推開了去，她好似極為喜悅，尖利地大笑著，聲色極為刺耳。

這樣的爾笙哪還是他的爾笙。

此時沉醉與霽靈趕了過來，見此場景皆是大驚。

長武捂著心口，面色鐵青地望著爾笙那方，霽靈忙從懷裡掏出了傷藥遞給他吃下。長武閉上眼調息了一會兒，才道：「不可讓她化魔。」

沉醉聞言，眉目一沉，提了劍便向爾笙飛去。

黑色魔氣中心的爾笙眼珠僵硬地轉動，她看見沉醉，忽然眼眶一溼，無助地望著沉醉道：「師父，救救小耳朵。」

沉醉心頭一亂，劍上殺氣一頓，哪想爾笙唇角卻在此時咧出一個嗜血的弧度。「騙你的！」她腳一跺，地上的一鱗劍立即飛了起來，爾笙隨手一舞，逕自將一鱗劍向沉醉擲出。

劍勢來得極快，根本不給沉醉躲避的時間，眼瞅著劍鋒便要劃破他的喉嚨。霹靈一聲驚呼，忽然劍勢一頓，竟在平空繞了個彎轉到長淵手中。

眾人的目光都凝在長淵身上，他握著劍，用衣袖輕輕抹乾劍上殘留的泥土與鮮血。漆黑的劍刃在他手裡閃著熠熠的光，好似這劍也有了情緒一般，忽悲忽喜。

爾笙靜靜望了長淵一會兒，忽然落下兩行清淚，她淒聲道：「連長淵也要與我為敵了嗎？你說過會與我一直在一起的。」

長淵垂了眼眸，沉默著未答話。一鱗劍劍尖垂下，指向地面。

爾笙抹了抹淚，欣喜笑道：「長淵還是向著我的。」

長淵一步踏出，霎時地動山搖。他抬起眼，金眸閃爍，裡面隱藏著的是上古神龍的浩然神力。一身正氣澎湃而出，只一個呼吸之間，神龍之氣蕩出百里，攜著橫掃千軍之勢，滌蕩天下妖魔之氣。

爾笙初初化魔，身中魔力再是厲害也抵擋不了這樣硬碰硬的蠻橫攻勢，當下面色一黑，渾身經絡層層暴起，竟是被長淵生生震斷數根經脈。她腿一軟，無力癱軟在地。

長淵提著劍，緩步走到她身前。爾笙淒然地看著他：「長淵，爾笙好痛啊……你要對我動手嗎？」

他臉上卻沒有露半點聲色，但握著一鱗劍的手卻青筋暴起，關節僵硬泛白。對爾笙動手，他心緒誰也無法言明。

「長淵，我一直都知道你是對我好的……」爾笙忽然哀傷道：「走到今天這一步，我也沒辦法，實在是天意弄人。我本來還想著……我本來還想著與你多生幾個蛋來著，我還想著生十個蛋都不足以說明我有多喜歡你。長淵，你且殺了我吧。我沒辦法陪你走盡千山萬水了……對不起。」

長淵輕輕合上雙眸，握著一鱗劍的手也慢慢放鬆。

突然，爾笙蜷指為爪，趁長淵閉目的時候猛地起身，直襲他的心房，半點也沒猶豫，一副誓要將長淵殺死的狠毒模樣。

血光飛濺，眾人只聽「噗」的一聲輕響。

萬物歸於寂靜。

爾笙望著穿心而過的利劍，倏地冷冷笑了。「此一劍後，人世再無爾笙。神龍長淵，你將萬年孤寂，無數日日夜夜中，你都會記得，是你親手殺了她！」

爾笙的面容倏地變得哀傷。「長淵啊……你可還能心安……」

長淵仍舊不說話，只默默地拔出一鱗劍，鮮血飛濺中，他將這柄親手製作的絕世利器狠狠丟棄。

劍哀戚而鳴，好似大悲長哭。

爾笙的身子漸漸軟下，她臉上的冷漠嘲諷和憤恨都盡數消失不見，唯剩下單純的平靜。若是沒有這些斑駁的黑色印記，她就像是睡著了一般。

長淵蹲下身子，輕輕地將她抱到自己腿上，他聲音極盡瘖啞：「我會陪妳……」話說一半，他轉念一想，爾笙不是凡人，她是司命，這一世走完，她是該回上界繼續做她的逍遙神君。在那方，她還有一個喜歡的人，一個高高在上的帝王。

他連陪，都不知道該上哪裡陪。

呼吸微滯，他摸著爾笙的臉頰，空茫地思索著自己該何去何從。忽然，他指尖感到一陣顫動，卻是沒了呼吸的爾笙睜開雙眼。

長淵不由得屏住呼吸，生怕自己一喘氣，就把爾笙吹散了。

她的眼中是久違的清澈透亮，宛如他們才相遇的時候，一個粗魯任性而又無比渴望有人疼的孩子。她看著天空，熟悉又陌生的雲朵還是一如既往地飄過藍天。她忽然道：「這是村子後面的樹林。我記得的，我在這裡遇見了長淵。」

她淺淺地笑了。「像夫子說的，彼其之子，美無度。」

長淵喉頭一梗，宛如剜心之痛。

爾笙眼眸靜靜地閉上，只是這次再沒有睜開，連讓他和她最後說句話的時間也沒有……

清風徐來，帶著溼潤的暖意。長淵記得，爾笙說過，過了今年七月，她就十八了，她這短暫的一生竟還沒來得及走過第十八個年頭。

司命，這若是妳編排的命格，妳當真對自己太過狠辣。

沉醉在不遠處呆呆地站立，心中百味雜陳，他定定地望著爾笙，忽見爾笙嘴上冒出黑色的泡泡，他臉色又是一變，駭然道：「屍變！」

他這一喝，眾人的目光又再次落在爾笙臉上。

長武怒道：「那魔物竟想霸占爾笙的屍身，將她變為行屍！」

長淵摸了摸爾笙的腦袋，聲色中盡是澀然與嘆息：「不想我竟連妳的全屍也保不住。」言罷，他埋下頭，不顧爾笙嘴裡正冒出的森森魔氣，用舌頭挑開她的唇齒。

這是他才學會的吻技，沒想到卻是用在這樣的地方。

他一手貼在爾笙心口，猛地灌入神力，爾笙的屍身狠狠一震，卻是長淵將爾笙的心臟生生震碎！神力推著心臟的碎屑，盡數被長淵吸入腹中。

失了心的爾笙體內魔氣盡消，臉上斑駁的黑色印記與魔印也漸漸消失，變成了原來白白淨淨的一張臉。

長淵強自忍住體內翻湧著的血氣，邪靈珠的魔氣在他體內與神龍之力廝殺得激烈，疼痛令他渾身的肌膚都在止不住地顫抖。他好似什麼都沒感覺到一樣，看著爾笙乾淨的臉，瞇眼笑了。

「女孩子還是乾淨點兒好看。」

沉醉見此景，心神大為撼動，他忽聞一聲哽咽，卻是素日面冷的霽靈捂著嘴哭出了聲。連長武也看得有些呆怔。

長武垂下眼眸，眉目間竟恍然浮現一絲滄桑與哀憫。

忽然，一股清潤的氣息自天際而來。長武抬頭一望，心神大震，天邊踏雲而來的神仙，與他幼時的恩師重華竟長得一模一樣。他自是不知他的恩師只是戰神陌溪三世歷劫中的一世。當然，這些都是外話。

此時來的確實是戰神陌溪，他身後跟著數千名天兵，皆是聽了天帝的令來捉拿逃出萬天之墟的孽龍。

此處場景卻不如他們想的那般，孽龍沒有一臉凶惡，沒有蠻橫霸道地急著逃出生天。

那個衣衫被撕扯得破爛的男子一身血跡未乾，但面色卻出乎意料的平靜，他見了他們，只是輕輕地將懷裡已死的女子放下，對另外幾人道：「且將她的屍身用竹蓆蓋好，你們……碰不得的。」

其餘三人都知道屍身上恐怕還有殘餘魔氣，長淵定是怕天兵天將們知道了，連個屍身也不給爾笙留下，所以刻意遮掩爾笙身上的魔氣，不讓人發現；又怕他們事後去整理爾笙的屍體，染上了魔氣。

他本是那麼善良的人，又是那麼心疼爾笙，那麼喜歡爾笙……

老天爺都逼著他做了什麼……

陌溪淡淡看了眾人幾眼，看見長武時，他眸光微微一頓，隨即點了點頭，又望向長淵。「長淵，私自逃出萬天之墟，你可知罪？」

長淵搖了搖頭，老實答：「不知。」

天兵天將們臉色一變，心道此龍是個不動聲色的主，不好對付，忽又聽長淵道：「不過現在我也不想待在人界了，我願回萬天之墟。」

畢竟，這世道已經沒有什麼是他好留戀的了。

司命

第十七章

歸位

她醒來之時是在自家的床榻上。

看見床帳上清麗的繡花，不知為何，她在這一瞬忽然有種恍然隔世的感覺。

司命覺得，她睡了一覺，似乎睡忘了許多事。腦海中有許多聲響在不停地交替，侵擾著她本就不清明的思緒，吵吵鬧鬧漿糊成一片，最後只有四個字漸漸凸顯出來。

長淵、爾笙。

像是幼童用手指在沙地上歪歪扭扭地寫下兩個字，難看卻醒目。

司命揉著眉心仔細想了想，仍舊半點頭緒也沒有，最後只得作罷。她吃力地坐起身來，正奇怪自己的身子為何這般僵硬、不聽使喚，眼角餘光忽然掃見一個黑影。她心下一驚，看了過去，只見身著紫色立領長袍的男子負手立在窗臺前，手指正輕輕捻弄著她養的蘭花草，把玩得認真。

司命一怔，不滿道：「帝君，我家蘭花脾氣很嬌，不可戳捏揉捻地褻玩。你走了，我還得向它道歉的。」

天帝聞言，不慌不忙地放了手，轉過頭來，冷冷打量她幾眼，語含暗諷道：「肯醒了？」

「不肯的。」司命道：「夢好似沒作完，我再瞇一會兒。」說完，老實拉了被子躺下身去。

天帝嘴角一緊，冷哼道：「醉了千年妳還嫌不夠？欽天殿中事務已全然交給了那塊三生石頭，妳若再睡，可是想讓朕罷了妳這司命星君的職務？」

司命裹著被子翻了個身，棉被裡傳出她毫不在意的聲音。「帝君若覺得罷了我能讓您很舒爽，您便罷了我吧。司命做了一輩子的司命星君，早就膩歪得很了。」

天帝何時在司命這裡受過這樣的氣，哪次司命見到他不是臉紅心跳地賣乖，即便偶爾有所爭吵，也定是司命裝作可憐兮兮地來道歉，對他死纏爛打，從不曾對他擺過臉色。

而今她醒來卻……

天帝氣得雙眼泛青，好似想狠狠抽她兩鞭子。

「帝君，微臣想睡了，男女有別，還請您迴避。」

天帝怒極而笑，拂袖離去之前，他冷冷丟下話來。「明日自去陌溪府邸尋那三生石，盡快將事務交接過來。妳膩歪這司命星君的位置，便一直膩歪至壽盡吧。」

門被用力地甩上。

司命在軟軟的棉被中睜開了眼，眸光清晰，哪有半分睡意。

司命一直是個聰明而又善於聯想的人，從方才天帝的話中，她便回想起來自己睡著的前因後果。之前她向天帝表白，不出預料的，又被拒絕了。她兀自傷心，想去瓊池求兩杯酒喝，卻與陌溪的妻子三生起了爭執，她掉入瓊池中，喝飽了酒，然後便睡著了。

而今看來，她已睡了千年。

一夢千年，難怪她初醒之時會有彷彿隔世的感覺。

只是……醒來的時候看見帝君在身邊，她本以為自己會感到欣喜難言，卻不曾想竟會莫名地感到一陣心累，不想見他。她想見到的是……是誰呢？

司命的腦海裡恍然浮現出另一個男子的身影，她從未見過他，而又感覺無比熟悉，但是不管她怎麼用力地回憶，也憶不起他的面容。

約莫是幻覺吧。她想著，又閉上了眼，在夢裡會不會再見到那個男子呢？若是能見到他……她便再多睡一會兒吧。

天帝出了司命的欽天殿，手心一轉，一團軟白的氣體出現在他掌心。這是司命千年的記憶，他一併將它提了出來。濃稠白色的霧氣在他掌心裡輕柔地旋轉著，溫熱而厚重之中好似蘊藏著一種難言的情感，如同濃重的相思……

相思？

天帝眉目一沉，五指緊握，將那團記憶狠狠掐住。他想，不管再如何相思，不過也只是一世孽緣罷了。一個重鎖萬天之墟，一個沒了兩人之間的所有回憶，從他將這些記憶拔出司命的腦海之時，他們倆的緣分便徹底盡了。

欽天殿外的雲臺之下，御駕已經擺好，他的隨身侍官鶴仙恭敬地行禮，隨即問：「帝君，司命星君已醒，是否對她此次私下凡界給予懲罰？」

天帝腳步一頓，將手中的白色霧氣藏入衣袖中。「我已罰過了。」他淡淡道：「司命私下凡界此事……不得外揚。」

「是。」

「回宮吧。」

御駕起，一行人浩浩蕩蕩地向天宮行去。鶴仙悄悄回首望了望司命星君的欽天殿。天帝何時為誰徇過私，此次……怕是不久之後，這天宮便要擺上一場大喜宴了吧。

司命又睡了一覺，只是這一覺醒來她神清氣爽，全然沒有昨日才醒時那般頹靡、沉重。只是身子依舊有些許僵硬，她下床在屋子裡走了走，見窗外陽光正好，便起了出去逛逛的心思。

她一醉千年，想來外面定是有許多事不同了吧。

司命素來不喜歡有人打擾她的生活，欽天殿中沒有婢子，什麼事都是她親力親為，每一棵花花草草都是她自己種下的，因此她也比其他神君更愛護自己的窩。司命打理好自己，一踏出寢殿，卻見門外有幾個侍女正在打掃庭院。

侍女們見躺了千年的人忽然從房間裡走出來，當下也有些呆怔。

雙方都傻了好一會兒，才有婢子彎腰行了個禮道：「星君今日總算是醒了，恭喜司命星君。」

「妳們是誰？」

「小仙是戰神府中的侍女，是夫人派咱們過來幫著掃掃院子、除除草，今日恰好到了打掃的日子，不知星君已醒，多有冒犯，請星君恕罪。」

司命心道，那三生還是個心細的好姑娘，又想著正好昨天天帝也讓她去和三生交接一下事務，她今日便去戰神府上道一道謝吧。她這一醉是睡得舒爽了，可卻把三生那姑娘坑得狠了些。她比誰都清楚，司命這活向來費力不討好。她對幾人擺了擺手道：「麻煩妳們了才是，我這便上戰神府邸去道道謝。」

幾位婢子恭敬地行禮，又忙起手裡的活來。

去長勝天的路挺遠，司命才醒，駕起雲來很是吃力，走走停停飛了半天卻還有一半的路。停在一處白雲的道路上，她氣憤地捶了捶自己的腿道：「鋸了你！」

適時一朵白雲正巧從她頭頂飛過，聽得這聲咒罵，雲上的仙人向下一看，驚得跳下了雲頭。來人正是文曲星君，他與司命的關係向來不錯，是個極愛八卦的糟老頭子。

「司命星君好久不見吶！妳可是終於醒了。」文曲拍著司命的肩笑著，司命也很給面子地跟著笑，等文曲笑夠了，他悄悄湊近司命的耳邊道：「妳若是再不醒，我看帝君便要被那狐媚子勾走了。」

司命一怔，而後笑道：「哪個狐媚子有這麼大的本事？」

文曲以為她是在佯裝淡定，仍舊神祕兮兮道：「前些日子有個什麼靈狐得道成仙，參拜帝君的時候對帝君動上了心思，這幾日纏得可厲害呢，妳可得好好注意一下。」

司命平靜道：「這九重天上對帝君有心思的女神仙多了去了，我若個個都注意，豈不是累死了。那狐狸想追求帝君便讓她追求就是了，與我有什麼關係。」

此話一出，不僅是文曲怔住了，連司命自己也覺得有些詫異。從什麼時候開始，她對這些事情變得這麼不在意了？

兩人正說著話，白雲長道的另一頭也緩緩走過來兩個人。女子身形瘦小，好似沒有長足，另一個男子身形高大，兩人走在一起就像是一個父親帶著自己女兒。

這時文曲忽然激動起來，他使勁拍了拍司命的肩。「就是那狐妖！長得跟麻雀一樣大，還成天勾引各式各樣的男子。」

司命順著文曲指的方向看去，只見那女子剛好長到男子胸口處，兩人似乎在說著什麼，很是開心。文曲還在她身邊憤憤地嘀咕著什麼，司命卻將那兩人看得呆了去。這樣的身高明顯不搭，但是她好似在兩人身上看到了其他人的影子。

是一個有點呆的男子和一個有點傻的女孩，他們互相望著，沒有任何語言，就是這樣定定地對望，然而兩人的眼中卻裝滿了數不盡的幸福。

就像是他們已經擁有了全天下一般。

司命在這一瞬忽然有種熱淚盈眶的衝動。

那兩人越走越近，那男子認出了文曲，兩人對文曲行了個禮，文曲裝模作樣地點了點頭。司命卻仍舊在發呆，文曲一聲輕咳，用手肘撞了撞司命，司命恍然回神。文曲對那兩人道：「這是司命星君，你們上界時間短，約莫都沒見過她。」

小狐仙聽到「司命星君」四字，登時臉色一白。天上的傳說他們都是聽過的，也自然知道司命以前是怎麼針對對天帝有想法的女神仙。

見司命定定盯著自己，小狐仙心中慌亂，膝蓋一軟，忙跪在地上，對她行了個大禮。「小……小仙見過司……司命星君。」

司命沉默著，讓在場的幾人不由得都將心思懸了起來。半晌後，她才指著小狐仙身邊的男子幽幽道：「妳該好好與他在一起。」

好好與他在一起……

誰與誰該好好在一起，其實司命也不知道。但是此時說出來卻把小狐仙嚇得面色慘白，她只道這是司命對她的警告，當下顫抖著磕了頭道：「小仙知道了，謝神君提點。」

旁邊那男子本是喜歡小狐仙的，此時自是喜不自勝，忙也跪下道：「多謝神君，多謝神君。」

司命擺了擺手便轉身離去，文曲亦步亦趨地跟上，待走得遠了，他悄悄對司命豎起了大拇指道：「司命，妳近來對付女人的造詣是越發高深了，三言兩語便擊退大敵，實在是與陌溪神君同樣威風啊！」

司命腳步微微一頓，問：「最近天界可是有出過什麼大事嗎？陌溪又威風了一把？」

「妳是不知，前段時間那封印在萬天之墟的孽龍私逃入了人界，陌溪神君率百位天兵天將前去捉拿。哼哼，那孽龍一見到陌溪神君的威武，登時嚇得屁滾尿流，跪地求饒。最後神君沒動一兵一卒，輕輕鬆鬆地將孽龍捉了回去。哈哈，天界平靜多年，沒想到陌溪神君的神武依舊不減當年啊！虧得那還是上古神龍的遺子，著實窩囊沒用！」

司命聽罷，附和著點了點頭。「確實是條窩囊的龍。」

戰神府外的十里梅林是陌溪特為自己的妻子三生栽種的。今日天氣正好，三生在院裡擺了書桌說要畫梅，硬逼著陌溪為她研墨。

三生沒有畫畫的天賦，每次都把自己弄得和她手下的宣紙一樣灰頭土臉。本著不能一個人難看的原則，她更喜歡把陌溪也弄得一樣灰頭土臉。是以每次三生要作畫了，整個長勝天都得戒嚴，以防被人看見了神君與其夫人的……不雅。

不想今日當值的衛兵不知跑到哪裡躲懶去了，竟沒人攔著司命，讓她大搖大擺地走過十里梅林，入了院子。

適時三生正畫在興頭上，她放了筆，糊了滿手硃砂，「啪」地一巴掌拍在宣紙上。她驕傲地晃了晃腦袋，對陌溪道：「你瞅，此梅可紅得美是不美？」

陌溪從容地點頭讚道：「甚美。」

司命隔了老遠便瞅見了那道驚悚的血手印，她抽了抽嘴角，老實道：「宛如厲鬼索命。」

陌溪與三生循聲望去，看見司命，陌溪沉了臉色，轉頭便喝道：「赤羽！」

身著赤色衣裳的男子驀地出現在庭院中。

陌溪問：「今日是誰當值？」他臉上一道黑、一道紅，看起來很是喜感，然而跪在地上答話的人卻半點不敢笑。

陌溪在教訓屬下，三生頂著一張同樣黑紅交加的臉，半點也不尷尬地招呼司命。「唔，妳倒是醒了啊。」

「昨日便醒了。」司命也不理會那個因為自己而被訓得悽慘的士官，在她看來，她是無意闖入，沒人通報主人確實是他們的失誤，理當受罰。她目光落在三生畫的「梅花」上，搖頭道：「嘖嘖，方才竟是我看走了眼，此畫簡直慘絕人寰、慘不忍睹。」

三生也不在意，只是默默地將手上硃砂擦在司命棉白的衣服上。「許久不見，妳仍舊如此牙尖嘴利。」

司命看著自己衣服上的鮮紅印記，微妙地瞇了眼。「三生姑娘依舊如此睚眥必報。」

「過獎過獎。」

「承讓承讓。」

兩人的眸光在空中交鋒了一會兒，三生忽然擺手道：「我是個大度的人，不與妳計較了。只是，妳道我畫得不好，也得拿出真才實學來讓我看看，以理服人才行。」

司命勾脣一笑，毫不客氣地拿了筆，就著三生那張慘不忍睹的畫修改起來。司命的畫技在天界也算得上是極好的，她只揮墨改了兩、三筆，整幅畫的氣韻便立即有了改變。

三生挑了挑眉，噘嘴道：「唔，馬馬虎虎。」

司命也不理她，自顧自地畫著，沒一會兒，畫面全然變了樣子。每一根雜亂的線條在她手裡像是活了一般，變作了雜草、亂石、林木，她心中好似已經繪好一幅畫，就等著將它一一描摹下來。

三生看著紙上漸漸顯現出一幅具體的場景。荒野之中，一株巨木之下，有風晃動著樹梢，雜草之上鮮紅的手印慢慢被清水暈染開，變作一團鮮血，在整個畫面上顯得怵目驚心。她忽然想起了那本寫著「天地龍回」的命格，問：「司命，妳現在醒了，可還記得長……」

「三生。」正踏步準備入殿的陌溪突然喚道：「先進來把臉擦擦。」

司命正在專心作畫，沒有去追究三生到底想說什麼。三生看了看她認真的表情，隨即抿了抿脣，隨陌溪進了屋。

不知畫了多久，司命終是擱下筆，她將自己的畫定定看了一會兒，忽覺這場景熟悉得讓她心口澀痛難耐。正在這時，三生與陌溪又推了門出來，兩人的表情都不大好看，像是方才進去起了爭執。

三生沉默著不說話，只直勾勾地盯著司命作完的畫，神色間有些憤慨和哀傷。

陌溪道：「妳可是來與三生交接司命星君的事務？」

他們夫妻之間的事，司命不便過問，只點了點頭道：「還來道聲謝，三生派來的那幾個侍女將我的院子打理得很好，我也沒什麼好送你們的，恰好今天畫了這幅畫，若是不嫌棄，你們便收下吧。」

「我不要。」三生道：「這是妳為自己所畫，沒有任何人有資格擁有它。」

司命微怔，卻聽陌溪沉聲道：「三生。」

三生沒好氣道：「我聽得懂話，沒聾！」她又對司命道：「妳隨我來吧，我把那些命簿都還給妳。司命這活真不是人幹的，虐己虐人。」

司命點頭贊同道：「此乃人生奧義，痛並快樂著。」

司命星君這職務又繁又雜，直到星辰滿布，最後一批書才被長勝天的侍衛送去欽天殿。司命與三生道了別，她剛走到門口，回頭一看，卻見陌溪拉著三生要說話，但三生卻甩開他的手，氣呼呼道：「你走開！今晚我要去和甜蜜結局的話本子睡去。」

陌溪無奈地嘆息：「三生，妳這是在遷怒。」

三生一挑眉。「我就是遷怒。」言罷，毫不留情面地將陌溪關在門外。神武的戰神只有立在門外，搖頭嘆息。「三生，夜涼。」

不想再聽下去，司命轉身離開，漫步走入十里梅林中。她想，有的人就算吵架也是幸福，就算鬧脾氣也會被寵溺著，她約莫是沒有那個福氣了吧。

涼風忽起，真如陌溪所說，黑夜寒涼。梅林中的幽香在此時顯得越發誘人，司命望著好似近在眼前的星辰，隨意散著步，等她回過神來時，看見周圍都是一模一樣的紅梅。她一呆，終於發現自己迷了路。

司命琢磨一下，想著自己左右也沒別的事，回欽天殿也是只有她一個人，不如在此處尋個乾淨的地方，和衣而眠倒是有另一番風味。

「以天為被，地為廬，我司命也瀟灑恣意一回。」司命揚眉一笑，隨意躺倒在地。「此處便不錯，神君我徵用了。」

司命將身子擺成一個大字，她怔怔地望著星空，脣邊的弧度漸漸消失不見。司命一直是一個獨來獨往慣了的人，從前她半點沒覺得獨自一人有什麼不對，然而現在她卻連這麼點兒孤寂都難以忍受了……

心像是破了個洞，在沒有人的時候大大地敞開，任冷風亂灌。空得可怕。

她翻了個身，不想手卻搭在一個奇怪的東西上面。她不在意地摸了摸，發現竟是本書的模樣。

這樣的地方怎麼會有書？這個大小約莫是本命簿，難道是三生不小心把一本命簿落掉了？

司命坐起身來，好奇地將那本書從層層落梅之下挖出來，她拍了拍封面上積攢的塵埃，藉著星光一看，藍色的封皮上卻一個字也沒有，心中好奇更甚，她緩緩翻開扉頁——

天地龍回。

看見上面大大的四個字，司命有些怔然。這是她的筆跡，可是為何她卻半點也記不得自己是在什麼時候寫出這四個字的。字跡蒼勁，力透紙背，好似有極大的渴望和勢在必得的決心，與她平日寫命格的心境大不相同。

這是她何時寫的，為何而寫……又是為誰而寫？

司命懷揣著疑問，緩緩翻過扉頁，藉著漫天星光開始閱讀起那一世蒼涼。

陌溪在門外站了一炷香的時間，三生還是心軟地開了門，但她仍舊堵著門不讓他進去。陌溪也不多言，只是把手伸出去，道：「妳摸摸，冰涼了。」

三生老實抓住陌溪的手一摸，果然十分寒涼，她心裡懊惱，氣道：「你就不知道換個暖和的地方站著。」

陌溪只是笑。「不然妳怎麼肯放我進去。」

三生將他的手捂在掌心，帶著他進屋坐下。她心裡仍有些不痛快，抱著陌溪的手捂了一會兒，忽然問：「陌溪，你說若是有一天我突然忘了你，你會怎麼樣？」

「胡思亂想。」陌溪想也沒想便回道：「司命與那神龍長淵的事，妳便別多想了，今日天帝特意傳信給我，威逼利誘……」

「目前，這天界就咱們倆稍微知道一點兒事情的內幕，若你不是戰神，只怕咱們倆早被他殺人滅口了。」三生唾棄道：「可恥的上峰！」

陌溪搖了搖頭。「天帝之所以奪取司命的記憶，想來也是有他的考量。畢竟現在司命已經不再只是一介凡人，若真要較真起來，她與天帝自幼相伴長大，神力與天帝差不了多少，力量越大，責任越大，闖下的禍自然越大。彼時她若真憶起什麼，去了萬天之墟救那神龍，觸犯了天條，那才是真正地害了她。」

「可是……可是若是有一天你為了救我而被圈禁，我卻在之後忘了你，等有一天我想起來了，定是會悔得想把自己捏死！」

「若真有那一天，妳便別想起我了。」陌溪道：「那時我最大的心願，定是讓妳過得好好的。既然妳已經好好地活著了，便不必再憶起我，徒增傷悲。長淵……約莫也是這般打算的，所以他才那般心甘情願地回到萬天之墟。」

「司命現在，真的算好好活著嗎？」三生蹙眉道：「你瞅她今日畫的那幅畫……」

「三生，怎樣才算是好好活著？」

三生被問得怔住。怎樣才算是好？是不顧性命地去拯救自己的愛人，還是坦然地相忘於江湖？自我囚禁抑或自我放逐？

這個因人而異的問題，三生答不出來，她只好弱弱道：「她不過是想和他在一起罷了……」話音未，不知是勾起什麼傷心往事，三生一聲哽咽，竟落下一滴淚來。

淚珠打在陌溪手背上，他渾身一僵，霎時便怔了神。

還沒等他反應過來，三生便止住了淚，惱怒道：「你就不知道抱抱我安慰幾聲！」

陌溪頗感頭疼地揉了揉腦袋。「最近……妳的情緒越來越讓人難以捉摸。」

「是嗎？」三生呼了呼鼻子，毫不客氣地將鼻涕擦在陌溪的衣袖上。「我想約莫是有了身孕的緣故吧。」

「唔。」陌溪點頭贊同，忽然他渾身又是一震，猛地抬頭望向三生。「方才……妳說什麼？」

「身孕啊，之前我沒與你說嗎？」

「……」

「啊，原來我忘了啊。」三生拍了拍肚皮道：「我要下崽了，不過不知道是塊石頭還是人吶……」

這一夜，陌溪一宿未眠，他坐在床邊將三生的睡顏看了一整晚。

與陌溪一同失眠的，還有在星光梅林中的司命。

她不認識爾笙和長淵，但是書中所記錄的那些似曾相識的情景，都深深地觸動著她的心弦。書裡的記載十分簡潔，沒有過多的修飾和華麗的詞彙，但偏偏就是這麼直白的言詞描繪出的一個故事，卻讓她像個傻子一樣跟著書裡的人一起歡笑、一起哀傷。

一頁一頁地翻閱，看到最後一頁書寫著字的地方，司命僵住了手指——

「長淵再入萬天之墟，爾笙歸位，重掌司命之職。」

重掌司命之職……

司命？

她恍然了悟，隨即白了臉色。

她不敢置信地將書又翻到開篇那一頁，又重新逐字逐句地研讀起來。

命簿絕對不會是假的，司命確定自己定是丟失掉一些重要的回憶；然而，她丟失的記憶或許不只是這下界的這一生那麼簡單。比如說，她喝了那麼多瓊池的酒，醉酒之後是怎麼突然醒來的，又是怎麼來了興趣要寫這個命格的？再比如說，她為什麼想要讓「天地龍回」，爾笙與長淵相識在褲腰帶沒節操地掉落之下，但是「司命」在那之前又是如何與書中的長淵相識的？

需要她研究和解答的謎團實在是太多……

翌日清晨，天尚未亮全，長勝天便異常忙碌起來，數位天宮醫官被請進了戰神府邸，熱熱鬧鬧地折騰一上午，沒多久整個天界便知道了陌溪神君的妻子有喜的事。

到了中午，前來拜賀的各位仙官便駕雲而來，一時間，在十里梅林外黑壓壓地擠了不少人，眾人皆提著禮物喜氣地來道賀，順道奉承一番戰神威武。

這樣的氛圍下，全然沒人注意到初醒的司命星君形容蒼白，神色沉凝地自十里梅林中奔出。

她的模樣與長勝天這一片喜慶格格不入，司命一路向天宮疾步而去，然而當她終於奔至天宮門前高高的雲梯之下，她卻頓住了腳步。

情緒漸漸平復下來，司命想，她不該如此莽撞，若是天帝有心要瞞她，不管她再怎麼問都是問不出結果的。其實不管天帝再怎麼回答，她心裡也已經有了一件必須要去做的事情。她現在最需要的，是個完整的計畫……
心思一轉，司命轉身便回了欽天殿。

接下來的日子，司命把自己關在欽天殿中。有些聽說她大醉已醒的神仙前來探望，都無一例外地吃了閉門羹。天界謠傳，司命星君定是在與那勾引天帝的小狐仙置氣，閉門不出是為了哄天帝去看她。

眾仙暗自偷笑，等著看司命又在天帝那裡吃癟。畢竟數千年來，這種事上演了太多次。

然而出乎大家意料的是，五天之後，數箱掛著紅絲綢的聘禮竟從天宮抬到了欽天殿門口。喜慶的嗩吶和鑼鼓在欽天殿前響了整整一天。

第六日清晨，司命終是肯開了門。

她穿著一身月白色的衣裳，素著臉，半點不施脂粉，頭上竟然還配著一朵白花，比之門口喜慶的提親隊伍，她更像是在弔喪。

天宮來的仙人被她這身裝束弄得有些尷尬。司命面色冷冷的，也沒覺得自己如此裝扮有哪裡不妥。她目光掃過所有人的臉，最後停在了裝著聘禮的黑色大木箱之上。她勾了勾唇角，表情帶著些嘲諷。「還真像是一具棺槨。帝君這是想埋了我啊……」

嗩吶與鑼鼓的聲音徹底停了下來，大家面面相覷地看了一陣子，不知她說這話到底是何意。

「怎能拂了帝君的心意，東西我收了，現在便登門道謝去。」言罷，也不顧眾人七嘴八舌地吼著「於禮不符」，她一揮袖駕雲而起，剎那間便不見了身影。

到了天宮，司命踏步上了階梯，旁若無人地直闖天帝寢宮。她比誰都了解他的作息時間，這時他定是坐在自己寢宮的書桌前批閱著文書。

行至寢宮門口，有侍衛阻攔她，她毫不在意地拍開他的手，兩步踏到門前，「匡啷」一聲推開門。侍衛大驚，只聽裡面傳來天帝淡然的聲音。

「無妨，讓她進來。」

司命跨進門去，坦然地對攔了她許久的侍衛豎起中指。侍衛面色一青，司命毫不客氣地甩上門。

熟悉地穿過層層珠簾，果然看見天帝在批閱文書，司命自顧自地在旁邊尋了個位置坐下，而後房間裡便沉默下來。她靜靜地盯著香爐中升起來的煙，發起了呆。

天帝批了一會兒文書，一直沒聽見司命的動靜，他抬頭掃了她一眼，瞅見她頭上的白花，登時皺起了眉。「妳沒別的首飾戴了嗎？」

司命埋頭道：「睡久了，很多東西都找不到了。」

「以前那些東西掉了便掉了。」天帝不甚在意道：「昨日我命人為妳挑了許多，都送過去了，以後便用那些吧。」

「奈何司命是個念舊的人……」她脫口而出，忽然瞥見天帝握硃砂筆的手一頓，司命心思一轉，繼而補充道：「自是不如帝君你這般只聞新人笑的。」

提到這話，天帝好似心情好了許多，他眉頭一舒，擱下筆，抬頭望向司命，脣角帶了絲笑意。「酸。」天帝倚在椅子上問：「聽聞妳前幾日將那小狐狸整治了？」

「帝君可是不捨？」

「治便治了，左右隔不了多久妳便要擔上天后名號，我允妳這樣的權利。」天帝眸中帶笑，含著半絲寵溺。

司命微微一怔，不知想到了什麼，她垂眸沉默了好一會兒。「為何現在想要我了？」

「不樂意？」

司命點頭：「不樂意。」不給天帝開口的機會，司命又道：「我此前為你付出了如此的多，現在你說娶便將我娶了，只用一些俗物來打發我，我覺得我把自己賣得過於廉價，極不樂意。」

天帝好整以暇地望著她。「且說說妳打算怎麼賣才能顯得金貴？」

「這得瞅瞅帝君你有多大的誠意。」

天帝定定地看了司命一會兒，見她雙腮泛著薄紅，眸光瀲灩，他心中微動，不由得錯開目光，重新握起筆。「這天宮裡的東西，妳隨意挑就是。」

司命沉默許久，忽而笑道：「原來，帝君你心中竟還是有我的。我追了那麼久的，現在突然得到手了……頗為不習慣。」其實司命只是發現，她從前竭盡全力追尋的東西在現在看來，也不過如此罷了。

因為不在乎了，所以不管得到還是失去都無足輕重。

天帝聽了司命這話，回憶起之前自己對她的淡薄，他心下有些愧疚，安慰道：「總會慢慢習慣的。」

「既然帝君如此慷慨，司命便不客氣了，我要那漱魂閣上的寶物。」

漱魂閣上有一個寶貝名喚「漱魄」，它能洗天下魂魄，不管是何方妖魔鬼怪，在這寶物面前一過，濁氣盡散。此物乃是天界至寶。

聽罷司命這個要求，天帝心中起了疑慮。「妳要它做什麼？」

「沒什麼用，只是那些閒來無事的神仙們等著看我在你這裡吃癟，被他們笑了數千年，終於熬到了與你成親，我得在他們面前揚眉吐氣一次。」

「小肚雞腸。」

「誰小肚雞腸？左右我還是得嫁給你的，那寶貝兜兜轉轉還是得回到你懷裡。」司命涼涼道：「你且借我出去顯擺顯擺，閃瞎了那群好事者的狗眼再說。」

「胸無大志，成天只知道與小人斤斤計較。」天帝冷諷。不過他熟悉的司命也應當是這副德行，肯與他耍混，無賴地討要賞賜，天帝可恥地發現自己竟然對她這股混勁十分懷念。司命就該是這副刀槍不侵、油鹽不進，又死纏爛打的性子。

「你給是不給？」

天帝又埋頭批起文書來。「不可將漱魄帶離天界。」

「知道了，知道了，成親之後便給你帶過來。」司命擺了擺手，起身便離開，待走到門口時，她突然問：「什麼時候辦婚宴？」

「三月之後。」

司命跨出寢宮殿門，她抬頭望了望天，心裡盤算著——三月約莫夠了吧。

天界的消息都是傳得極快的，在戰神夫人有喜的消息傳出後沒幾天，天帝竟也要與司命星君成親了。這可是一樁大事，天界頓時開始吵吵鬧鬧地忙碌起來。

司命並不比任何人輕鬆，朝雲與晚霞兩位仙子負責替她製作喜服，每日都要到她這裡來詢問她的喜好、量她的尺寸，每一塊雲錦都得拿給她親自過目。誠然這兩位仙子極是負責，但也因此耽誤了她不少事，變相地將她監視起來。

司命委婉地與她們說了幾次皆不得果，她也沒法表現得過於急躁，以免讓別人有了疑慮。

如此耽擱了一月的時間，司命總算是想到一個脫身的辦法。

她窗臺上的蘭花草到了快凝成人形的年紀了，不過按照正常的修行速度來看，至少也得再有一、兩年的時間。司命趁著今晚的滿月，藉著月色靈氣，輔以自己的神力將蘭花草催化成仙，提早將對方的人形凝了出來。

蘭花是個高傲的小仙，對於司命這樣不經過她允許，私自將她催生出來的行為十分憤怒，她一扭小腰，坐在窗臺上便不理司命了。

司命好言好語地哄了一整晚仍舊不見起色，眼瞅著天便要亮了，朝雲與晚霞兩位仙子又要到了，她心中氣急，一手拽住蘭花的頭髮，一手覆上她的臉，逕自將她變成了和自己一樣的面容。

蘭花大驚。「妳這個女強盜！」

「我不僅是強盜還是女流氓，更是女霸王。」司命冷笑著威脅她。「養了妳這麼多年，我什麼脾性妳也清楚，今日這事妳若不給我辦好了，等我回來，將妳與豬草一起混著煮了餵豬也不是不可能的。」

蘭花雙眸將淚一含，指著司命，氣得臉色發青，卻又怕得一個字也說不出來，憋了許久，只有像小媳婦一般嚶嚶地哭起來。

司命摸了摸她的頭髮，手下溫柔，嘴上卻掛著陰惻惻的笑。「咱們是一條繩上的蚱蜢，從今以後妳就別想逃出我的手掌心了。」司命看了看外面的天色，對蘭花道：「待會兒有兩個話很多的仙子會來，妳就扮成我的模樣與她們周旋。今天我有事要出去……」

「哼！我知道妳要去做不好的事！我才不要為虎作倀，我才不要……」

「妳要去餵豬嗎？」

蘭花又嚶嚶地哭起來，司命懶得管她，繼續道：「妳且記著，『嗯』、『好』、『隨便』這三句話足以應付她們所有的問題，多的妳一句也別說，知道了嗎？」

「嚶嚶……」

「包括這些哭泣的聲音。」

「……好。」

司命拍了拍蘭花的腦袋，她充分相信自己餵養的靈物的聰敏。司命捻了一個隱身訣，推門出去。

天界的人都在各自忙著各自的事情，司命小心地掩過了天門侍衛的耳目，悄悄地下了界去。她懷裡揣著那本藍色封皮的命簿，她要跟著上面的記載去尋找一個地方。

一個爾笙與長淵緣起又緣盡的地方。

暖風起，人間已是流火時節。

下界的時間總是比天界過得快一些。司命記得，命簿中說，在七月分的時候爾笙就該滿十八了。她如今也算是換了一個身分，替爾笙走過了這十八個年頭吧。

她邁步走過一個小山坡，視線倏地開闊起來，放眼一望，軟白的絨花被風壓過，沙沙地蕩起了一層層漣漪。司命的心神便隨著被絨花勾勒出形狀的暖風慢慢搖擺，晃晃悠悠地飄到爾笙屍骨未埋的地方。

她循著感覺而去，每一步踏下，心中皆是一分悸動。那些平鋪直敘的文字好似突然有了生命，變作了鮮活的畫面侵入她的腦海，鮮血的鐵鏽味、肆虐的殺氣、心底蔓延的絕望，最後只剩下一個男子一聲沙啞至極的蒼涼輕喚。

「爾笙……」

聲音輕緩得讓人以為他好似在哭。很是無助。

司命心口微微抽痛，她知道在將劍刺入爾笙身體的那一瞬，長淵心裡或許是比誰都惶恐的。他不捨、難過甚至無助，但是，他所有的情緒也敵不過爾笙一句「難受」。

他是這麼地喜歡她，默默地選擇了埋葬自己所有的感情。

司命頓住腳步，她白色的紗衣隨著暖風中的絨花一起飛舞。一柄漆黑的劍深深地插在前方的泥土中，而在劍的旁邊，一具白骨靜靜地躺在地上。在盛夏時節，屍體上的肉已經腐壞得差不多了，染過血的棉布衣服黏在白骨上，令人心底不由得微涼。

紅顏、枯骨，這世上最不給人留情面的原來是時間。

司命摘下耳鬢旁佩戴的白花，手一揮，神力便載著花朵慢慢飄向爾笙。她輕笑道：「上自己的墳，我大概是世間第一人吧。」

她話音未落，那朵送出去的白花忽然被一道凌厲的氣息截下，砍得支離破碎，化作粉塵，消散在空中。

司命心中一驚，目光隨即落在立在一旁的一鱗劍上。

「我陪著妳。」

她似乎聽見長淵在耳邊低語，沒華麗的言詞，連語氣也是淡淡的，卻是一句固執的承諾。即使是到了現在，他仍以鱗甲守護著枯骨。

司命在這一瞬間，便為那連面容都記不清的男子傾了心神。

她傻傻地站著，怔愣地望著這一柄孤劍、一副枯骨一會兒，就像是在看一對隔著生死遙遙相望又刻骨相思的夫妻，她心間酸澀得無法抬手打破這樣的寧靜。

她想，爾笙若不是司命，在當時便就此死去，只怕長淵真的會一直陪著她去了；但不幸的是，爾笙變成司命，長淵連陪也沒有地方去陪。同樣幸運的，也是爾笙變成了司命……

她硬下心腸，一步邁出，走向一鱗劍。

她必須打破這幅畫面，只因這世上很多的事總是不破不立。

不出意料的，一鱗劍上殘留的神龍之氣澎湃而出，意圖一舉逼退司命。強大的壓力讓司命心底備感訝異的同時，更起了幾許蒼涼的感動。若不是在乎到極致，又何必如此拚命地只為守護白骨。

司命狠下心一咬牙，強橫地縱身上前，一手握住劍柄，劍身頓時大震。她一聲低喝，拚盡全力終是將反抗之力壓制下來。

只鬥了片刻的時間，司命便已累出了滿頭大汗。一鱗劍雖被強行壓制下來，但仍在她手中嗡鳴，好似在咆哮警告。被這劍如此嫌棄排斥，司命心中有些委屈，她左右看了看，尋了塊大石頭，隨即將一鱗劍往石頭上面狠狠敲了敲，道：「你個沒腦子的傢伙，只識得皮肉表象，識不得本神君的內在涵養，著實與本神君為人那一世一般蠢笨呆傻。」

司命嘴裡罵著「二貨」兩字，手下也不客氣，一柄靈劍被她敲得叮叮咚咚直響。末了，等她發完了火，石頭被砍成了粉末，一鱗劍約莫也是被打怕了，乖乖地被她捏在手中，不再反抗。

她腳步一轉，又走到「爾笙」身邊。她靜默地看了爾笙一會兒，隨即蹲下身去，將對方右手的衣袖拉起來，一串銀鈴還留在小臂的骨頭上。司命心下一喜，伸手去取，她本不欲破壞爾笙的遺骸，然而沒了皮肉相連的骨頭，自是輕輕一碰便散了。

一鱗劍在她手中一顫，司命摸了摸劍柄道：「乖，不怕，姊姊在這兒。」

她取出套在爾笙手腕上的銀鈴，捻了個訣，鈴上的塵埃盡數褪去，她將鈴貼身放好；而後又取了一截爾笙的小指骨，用自己的一根頭髮穿過指骨，將它掛在一鱗劍上面。

司命摸著劍柄道：「給你一個想念的什物，從今天開始，這個世上再無爾笙，也再無司命了。」

說完這句頗為高深的話，司命摸著自己的下巴，沉思道：「唔，如此說來，我是不是該換個名字呢？爾司……耳屎？」她撇了撇嘴，又瞅著爾笙的白骨看了一會兒，笑道：「罷了，不管叫什麼，我只是我。」

司命重回天界時，已是傍晚時分，朝雲與晚霞兩位仙子剛剛離開欽天殿。蘭花坐在窗臺上，調皮地用雲錦包了一個小人，寫上「司命」二字，正用針扎得歡樂。忽聽「吱呀」一聲，司命推開門，站在門外好笑地看著她。

蘭花臉色一變，想到她關於「餵豬」的威脅，立時慌了手腳，急急忙忙地把小人往衣袖裡藏，卻不想一個不小心劃破自己的手，血液慢慢浸出來。她哭喪著臉，難受極了的模樣。

司命走近，摸著她的臉道：「別用我的臉擺出一副這麼沒出息的表情。」

蘭花心一狠，將小人扔到地上，嚶嚶哭道：「隨妳收拾我，隨妳收拾！我有一個逼良為娼的壞主人，這日子沒法過了！嚶嚶嚶……不准拉我去餵豬……」

司命將她的腦袋狠狠一拍。「出息！手給我。」

被打的人立刻乖乖地把手伸出來，一副等著挨打的喪氣模樣。哪想她閉著眼準備了半天，卻忽然感覺一股清涼的風吹在她手心，她睜眼一看，竟是司命替她的傷口渡以神力。沒一會兒，手上的傷口盡數癒合，又變得白白嫩嫩的。

蘭花呆了好一會兒，一嘛嘴道：「一點兒小傷，我才沒那麼金貴呢，哼。」

司命淡淡道：「我司命的東西都是金貴的。如果連妳自己都認為妳不該讓人疼惜，那便真的沒人會疼惜妳了。」

蘭花默了好一會兒道：「主人……主人心疼我嗎？」

「我養了妳這麼久，自是喜歡妳的。」司命微微一頓，不知想到什麼，垂下了眼眸。「如果喜歡，當然會心疼。」

蘭花小小地紅了臉，她扭捏地揉著自己手指道：「那……那蘭花如果做了不好的事，主人是心疼得捨不得狠狠懲罰的吧，不會真的把我拖去餵豬吧？」

司命微妙地眯起了眼。「妳做了什麼？」

「喏，妳瞅見那針扎的小人了嗎？」

司命不甚在意道：「這些東西對我沒甚用處。」

「我是說，包小人的布是從妳的喜服上面裁下來的，兩位仙子很認真，雲錦織得又細又軟……」

「妳還是去餵豬吧！」

最後司命還是沒有怎麼懲罰蘭花，因為她知道，這身喜服不管織得再美、再好，也穿不到她身上，只是有點對不住朝雲、晚霞兩位仙子。

臨睡前，司命將一鱗劍放在自己身邊，陌生又熟悉的氣息縈繞在她身邊，讓她終於能安心入眠。

這晚她夢見了長淵，在萬天之墟中，他神力被壓制，連幻化為人形也不能，一條長長的黑龍。他蜷著巨大的龍身，將腦袋埋在鱗甲中，不睜眼、不動彈，寂靜如死，孤零零地飄浮在無盡的黑暗與荒蕪之中。

這樣的寂寞，他已嘗了萬年。

「我會救你的。」司命說：「我會帶你出來。」

黑龍聽不見她的話，仍舊是那樣的姿勢，好似只剩下一具軀殼。

第二日，司命醒來的時候，枕頭上有些微微的溼潤。她只當作什麼都不知道，疊了被子，將一鱗劍好好地藏了起來，隨即出了內室。

外間朝雲與晚霞兩位仙子已經到了，她們手中捧著破個大洞的雲錦喜服，愁得快哭出來了。一看見司命，兩人急急上前詢問：「神君，這、這是怎麼了？」

司命正色道：「約莫是被鼠輩啃了吧。」

朝雲氣道：「大膽鼠輩！竟敢如此放肆！天后的喜服也敢碰！」

司命大方地安撫道：「罷了、罷了，不與牲口計較就是。」她往內室一瞅，窗臺上的蘭花隨風搖曳得正歡。

見正主不在意，兩位仙子也不好再說什麼，只得想辦法補救。奈何破了洞的地方已經做成了成衣的一部分，在臀部的位置，是個很貼身的地方。兩位仙子都是認真的人，當下讓司命配合著把衣服脫了，重新量了尺寸要再做一片。

破損的衣物罩上司命的臀部，正在量尺寸的晚霞一怔。「神君，妳此處竟還受過傷？」

司命扭過頭要去看，晚霞弄了一個小銅鏡給她一照，果然有一塊紅色的疤痕印在臀部稍上一點兒的地方。司命自己都愕然了一會兒，她修成神體之後，做的是司命星君這個文活，鮮少出去與人打架鬥毆，根本就沒有機會受傷；而且就算她受了傷，以她的神力絕不會讓自己留下這麼大個疤而不自知……

莫非與她消失掉的記憶有關，在她醉酒之後，變成爾笙之前？

天帝那廝到底消去了她多少記憶？

司命心中有些憤怒，她心思一轉，看著朝雲與晚霞兩位仙子道：「妳們也知道，帝君的脾氣不大好，這疤……」

話未盡，意已到，兩位仙子登時嚇變了臉色。司命掩住顏面，一副神傷的模樣。她相信，不到明日，天帝施虐的消息便會傳遍天庭。司命想：我便是什麼也不知道，也要在你身上糊一把屎再走。

混沌之中，女子立在黑龍面前問：「長淵，你為何不入眠？」

「以吾之修為，已可不再入眠。司命妳也不需要睡了。」

「第一，天地循環自有它的次序，我們雖已修行為神，跳出規律的束縛，但也應當對天地有所畏懼、有所順從，順應自然，這才是為神為仙之根本。第二，『吾』這種土得很有王霸之氣的自稱，外面的神仙早就不用了。長淵，總有一天我是會救你出去的，所以你得盡快跟上外面的潮流，以一個陽光時尚的形象打入眾神心中。」

「此言甚是。」

「所以，來，讓我在你的龍角上睡個覺先。」

黑龍老實地埋下頭，讓司命輕輕鬆鬆地坐了上去。「我睡囉，你別動。」

黑龍本在搖晃的尾巴一僵，果然不動了。一人一龍在黑暗中安靜地飄浮著，沒多久，女子便傳出均勻的呼吸聲。

聽起來她睡得很甜。他心裡被這均勻的呼吸吹得微微發癢，金色的眼睛往上轉了轉，可是仍然看不見女子的睡顏。他有點著急，腦袋往旁邊偏了偏，適時，司命一個翻身，竟骨碌碌地從他頭上滾了下來。
長淵心中一驚，他想去撈，奈何爪子太短，唯有探下頭去，往上一頂。只聽一聲尖叫，司命一蹦三丈高。她捂著自己被龍角扎了個洞的屁股，憤慨地怒瞪長淵：「你！把角給本神君鋸了！」用這樣的自稱，想來已是氣急。
長淵目不轉睛地盯著司命的屁股，鮮血浸溼了她的衣裳，他心裡也急得不知道該如何是好，又嘴笨得不知該如何去安慰，只有呆呆地告訴她。「司命……出血了。」
「本神君知道！」司命怒極，衝上前去便一口咬住長淵的龍角，含糊道：「你膽肥了，竟敢意圖爆我菊花！要不是本神君閃得快……今日我一定得把這貨鋸了！鋸了！」
「先止血……」
「流的是本神君的血，你操什麼心！」
「吾……我不知這是什麼心，很奇怪的感覺。」
正在咆哮的司命猛地一怔，她訝異地望了長淵一會兒，漫漫的黑暗之中只能聽聞他們兩人輕細的呼吸。司命突然輕咳一聲道：「這叫知己之間的純潔情誼，長淵，你乃是司命的摯友。」
「摯友？」

「摯友！」

混沌之中的一人一龍漸漸遠去，世界慢慢變得光亮起來。

司命迷迷糊糊地睜開了眼，窗外的陽光已照進屋來，蘭花在窗臺上沐浴著陽光，潔白的花開得正好。司命捂住自己的眼睛，嘴裡發出一聲苦笑。

摯友？司命啊司命，妳怎麼就這麼愛坑人呢。

她翻身下床，從書櫃的暗層中取了那本藍色封皮的命簿。她一邊翻閱命簿，一邊想，她三番兩次夢到的那個黑暗之地必定就是傳說中的萬天之墟。

她之前喝了瓊池的酒，醉了過去，想來定是神識飄離出去，在某個機緣巧合之下，闖入了萬天之墟，見到了被囚禁其中的長淵。她欲救長淵，最後卻沒有成功，又回到了天界。之後，她寫了這本「天地龍回」的命簿，讓天命來達成「天地龍回」這個目的。

但現在長淵又被關進了萬天之墟，那是不是說連天命也沒辦法讓「天地龍回」？還是說……

司命翻到了命簿有字跡的最後一頁，在她上次看見的最後幾個字後面，不知道什麼時候又突然出現一句話——

「司命暗自籌備，欲破萬天之墟。」

司命了然，原來這本命簿根本就還沒有完！

爾笙的死，不過只是達成「天地龍回」的一個步驟罷了。
司命往外間望了望，雲錦喜服製作到現在，已不需要再多量尺寸；而她的喜好，朝雲與晚霞也了解得差不多了，她們已不如初時那樣常來。
天帝派來監視她的人見她這兩月半的時間都過得十分安分，心中也起了倦怠。隨著婚期臨近，她仍舊如此本分，天帝的疑心想必也已經打消了許多吧。
司命想，她現在便應該行動了。
再次讓蘭花扮成自己的模樣，司命摸了摸她的腦袋，道：「這次我可能會出去很久，妳能頂多久就頂多久，實在受不了了，就跑到戰神府邸去，陌溪和三生都是好人。有他們護著，天帝若是知道了……至少不會對妳下殺手。」
蘭花有些慌。「主人，妳要去哪裡？不回來了嗎？」
司命笑著沒說話，她知道自己約莫是再也回不了天界，也不想回了。
這兩月多的時間，她已把所有的東西都籌劃好了，下界的時候走得無比瀟灑。
到了凡界，她毫不猶豫直奔無方山。沒了記憶，她尋了許久才找到無方後山的禁地，不料卻在那處見到一個意料之外的人。
長安。
千年前，此人得道成仙需要歷劫，她在天界好好觀察了他一番，本想替他安排一段能輕鬆度過的劫數，哪想在編排此人命格的時候與三生起了爭執，司命拽著批有他命格的紙落入瓊池，他歷劫成仙的命便生生被改成了天命。

司命醒來之後特意翻看過長安的紀錄，心底也很是嘆息。如今他墮仙成魔，想來定是過得痛苦不堪，司命覺得自己是挺對不住他的。

可是天命這種東西，又是誰做得了主的呢……

她正想著，長安的目光忽然掃了過來，落在她身上。司命衝他笑了笑，長安一怔，眸中立即溢滿殺氣。「司命？」

「正是……」不等她將話說完，長安便不由分說地劈來一劍，司命拔出一鱗劍接下這氣勢洶湧的一招，神力與魔氣激烈地交鋒，殺氣澎湃而出，掃過這一處谷地，驚飛無數飛鳥。

司命眉目一沉，她不怕與人鬥，但此時她有更重要的事要做，爭鬥只會白白浪費她本就珍貴的時間。

「我知你心中對我定是有怨氣的，但你的命格確實不是我所寫，事出意外，你的命乃是天定。」

「天定？」長安厲笑道：「何人給天的權利？」

司命眉頭一皺。「天劫之所以難度，是因為度劫全仰仗自我的領悟與超越，每一個選擇皆是自己所定，每個困境皆是由心而造，能贏得過自己的心便能贏得過天。誠然，天命難料，但最終選擇入魔的卻是你自己。而今你恨我，恨蒼天不仁，卻為何不想想當初是誰做了抉擇？你情願花十倍心思去恨別人，也不願放過過去和自己。邁不過心裡的坎，無法飛昇自然是在情理之中。」

長安冷笑。「是我的命便罷了，何以將外人牽扯進來，那些因我而死的人何其冤枉，蒼天不仁，我便要逆了這天。」

「逆了天你便能追回那些已經錯過的人和事嗎？」司命冷冷道：「你不過是只為求自己心安，遷怒於他人罷了。」

長安一怔。司命不想與他再纏鬥下去，趁此機會一頭扎入湖水中，捻了一個避水訣便逕直向湖底刻著的「無極荒城」石碑而去。行至那處，司命將掛在一鱗劍上的爾笙一截小指骨往碑上一擺。爾笙生前殺孽過重，指骨上仍殘留有煞氣，不一會兒，湖底便劇烈地抖動起來。

湖水逐漸形成一個漩渦盤旋著不知消失到哪裡去，司命靠著石碑而立，抬頭仰望上空，不過片刻工夫，便瞅見荒城大門在上方大開，一身紅衣的女怨靜靜立在大門那邊。迎接每一個去荒城的人是城主的職責。

司命毫不猶豫，飛身上前闖入荒城中。

長安緊跟在司命身後，也欲硬闖，卻被一條水紅色的長袖攔住，陰氣狠戾地將他推擋出去。

「妳將我趕出城之後，我便一直在此地等妳，妳一日不肯讓我進去，我便在這裡等妳一日；妳一生不肯讓我進去，我便等妳一生。阿蕪，妳當真能如此狠心絕情……」

女怨面無表情地收回長袖，一言未回。荒城城門轟然合上，外面和裡面又變作兩個世界。

司命掃了一眼紅沙漫天的天空，目光落在也正打量著她的女怨身上，司命笑了笑道：「其實偶爾徇私一番也無可厚非。此處歸於三界之外，妳既是城主，在此城之中便可隨心──」

「在他心中，我不該是現在這副模樣。」女怨不留情面地打斷司命的話，她的目光在一鱗劍上短暫停留。「妳是何人？為何來此？」

司命微微一呆，為了她前面那句話。不讓長安進城，那麼決絕地將他趕走，不是因為恨，只是因為不想打破他印象之中的美好？司命默默嘆息。此女子太痴，也難怪她會入了執念，引得天下女子怨氣入身，因愛而恨，因痴所以才能成怨。不過司命轉念一想，或許如此做法對長安來說也是最嚴厲的懲罰。

司命收回思緒，對上女怨那雙陰氣森森的眼道：「我叫司命，也叫爾笙，此次前來想與妳商量個事。」

「何事？」女怨其實並不在意對方是誰，無極荒城萬年不變，她待在這兒數百年間，已見過許許多多的人來了又走，性子早已被磨得冷漠甚至麻木。

司命抿脣笑了笑。「把無極荒城毀了吧。」

她說得輕描淡寫，好似談的是今天天氣不錯，而不是要毀掉一個天地自成的封印之地。

女怨稍稍琢磨了一番。「好。」

她回答得如此輕易，教司命也驚嘆一番。

「在此死寂之地，生不成，死不能，看著一群漸漸變為活死人的人……」女怨涼涼道：「早他媽不想幹了。」

司命瞇眼笑，她想無極荒城中的人被關了那麼久，有再大的罪也該贖盡了。而後那些世俗中所謂的罪人，便交由世俗的人自己去應對，上古遺威對現在平和的凡界來說，已沒有那麼大的必要了。

但司命不知道的是，女怨的命早已與荒城連為一體。

她一句輕飄飄的不想幹了，背後卻是一句沉甸甸的不想活了……

第十八章

上古蘭草之地

司命與女怨兩人都是雷厲風行的脾性，事情既然已敲定要做，兩人便立時開始了行動。

這是女怨唯一一次以城主的身分徇私，卻是為了徹底毀掉無極荒城與自己。

女怨需要做的事並不多，開啟城門給司命一個指引便可。真正的難題，是如何在無極荒城外的結界之中找到闖入那處陣眼的入口。上次爾笙與長淵掉入其中全憑機緣巧合，這一次，司命若找不到陣眼入口，便也不會找到出去的路，將永遠迷失在荒城結界之中。

陣眼入口隱晦，豈是那麼容易便能找到的，司命此舉實乃搏命。

「開城門吧。」司命盯著女怨，淺淺一笑，就像是要去赴約，眼中沒有半點遲疑。

其實司命心裡也是有害怕的，若是此事不成，她便只有像長淵一樣，此後的數萬萬年皆被困在無邊際的黑暗之中。但她想，她若不能將長淵救出來，索性也就待在黑暗中好了，與他一起共嘗無邊孤寂，如此也算是另一種方式的陪伴。

也算……不辜負他一番深情。

女怨祭出一個女娃娃的頭，與她一起吟唱著咒語，城門「卡卡」地打開。

司命挺直了背脊，一步一步堅定地邁入黑暗中。在巨大城門中的黑暗就像是一個大張的虎口，籠罩了司命一身白衣，她的背影顯得越發單薄而渺小；但女怨覺得，此時的司命便是被荒城之中最刮骨的風吹著，腳步也不會偏移半分。

這個女子是那麼清楚地知道自己的目的，執著而堅定地往前走著。

這世上，「未知」最是令人恐懼，女怨自詡她的脾性便是被磨得再冷淡，也無法在獨自面對未知之時不卑不亢、不驚不懼。有的強大，並不是外表或頭腦，只是一股骨子裡的堅韌，無堅不摧得令人起敬。

女怨心中突然起了好奇，在司命的身影徹底消失在黑暗中之前，她問：「為何要破荒城？」

「為一心安定。」

其實司命既已被消了記憶，她大可圖一時便宜，就此隨了自己以往的心願，嫁給天帝，做個威儀四方的天后。她之所以騙了天帝，瞞了所有人，甚至算得上叛離天界，費盡心思地跑來無極荒城「找死」，不過只是因為胸中這顆心它日夜不安。

為長淵，更是為一心安定。

白色的身影徹底消失在荒城外的黑暗之中，荒城城門合上，關住了一城紅沙。

女娃娃的頭沒有咒術的支撐，頹然落地。女怨也不管，只是輕輕撫上自己的心口，出神地呢喃：「一心安定？何以心安？」

黑暗中，司命連眼也未曾睜開，探尋著微弱的氣息。她此前已在天界翻閱過許多上古迷陣的書籍，陣眼乃是一陣中心所在，既存在生氣，也暗含殺氣。

是以在此無極荒城的結界中，應當有兩個地方，一處僅有生氣，乃是通往人界的出路；一處生氣、殺氣共存，那才是真正通往那個長滿上古蘭草之地的路。司命仔細地探尋著黑暗中的氣息。

生死之氣微薄而難以捕捉，需得全然靜心凝神，每一絲波動都不得放過……

不知在黑暗中行了多久，或許是幾個時辰又或是幾天，司命的鼻尖微微一動，她倏地睜開眼，眸中精光大作，當下她以神力為介，腳下猛地一踩，逕自向右方登踏而去。

一片空茫的黑暗中驀然出現一道佛光般的屏障，微微抵禦著司命闖入。

都行至如此地步，司命已是人擋殺人、佛擋殺佛的模樣，當下拔了一鱗劍劈頭砍向擋在眼前的佛光。神力與佛光激烈地碰撞，在司命的低喝聲中，光亮飛濺入無邊黑暗之中，慢慢的，司命眼前便只剩下一片耀目的白光。

慢慢的，白光弱了下來，司命漸漸感覺到自己的腳有落在實地上的感覺。

她收了劍，揉了揉被晃花的眼睛，待眼中的疼痛漸漸散去，她抬頭一看，漫無邊際的上古蘭草搖擺著綻放。

此時，在司命為救長淵奮力拚搏的時候，九重天上天帝與天后的喜宴也要擺開了。

蘭花是個聰明的靈物，又得司命親手點化，是以她臉上的偽裝現在都還沒有人看破。

但這只是在還沒有見著天帝的情況下。天帝神力與司命相當，甚至還要高出司命些許，若是在拜堂之時，他察覺出蘭花不是司命，只怕到時候她連哼都不能哼一聲便會被活活捏死。

蘭花想，她現在已經到了司命所說的「實在熬不住」的時候了。

當天夜裡，她將自己的原身抱在懷裡，準備跑路去戰神的長勝天尋求政治庇護，然而哪想她這個計畫在剛出門的那一刻便被打破了。門外赫然立了兩尊門神，見蘭花推門出來，門神天生便凶神惡煞的臉，把年紀尚幼的蘭花嚇得差點沒尿出來。

不過因著她有個不老實的主子，她自小便見過主子許多不老實的行為，裝模作樣這樣的小事自然是不在話下。

當即她往後退了一步，脣邊勾了一個笑，成功地壓下臉上的驚慌，她鎮定地看了兩門神一眼，皺眉問：「你們大半夜地站在這兒，對本神君有何圖謀？」那副斜斜挑眉的冷諷模樣，確實把司命學了個十足十的像。

門神立即拱手道歉，解釋：「神君恕罪，我二小神在此，實乃帝君特意吩咐。說是大婚臨近，絕不能讓任何汙穢之物沾染了司命星君您的身子，所以我們才多有冒犯。不過我記得，今日應當已有仙婢告知過神君了啊。」

好像是有那麼回事，不過蘭花記不起來了，她滿腦子想的都是跑路一事，哪還有空去管其他。

「神君這半夜出門，可是有何要事？」門神問道。

蘭花抬頭看了看天上的圓月，甚為憂傷道：「月色正好，讓我的蘭花晒晒月亮。」

當夜蘭花在院子裡晒了一晚上的月亮，兩位門神便守著她晒了一晚上的月亮。第二日，蘭花還在思忖逃跑方法之時，那個傳說中的帝君竟然在成親前的最後一天找上門來。

蘭花一臉灰敗。

天帝看見她的那一瞬，本平靜無波的眼頓時危險地瞇了起來。

「司命呢？」他轉過頭去問兩個門神。

門神頓覺莫名其妙，看了看坐在椅子上的「司命」，又瞅了瞅天帝，一臉不解。

天帝一聲冷哼，袖袍一揮，蘭花逕直從椅子上翻下來，她的面容幾番變幻，最終幻象破滅，她變回了原來的模樣。

門神二人大驚失色。天帝冷冷看著蘭花，沉聲問：「什麼時候換的身分？妳主子去哪兒了？」

蘭花在神力的壓迫之下，面色十分難看，她摔坐在地上，顫抖著唇角道：「就……昨天換的，主子說快成親了，以後沒有自由，想再下界去看看……」

天帝手指一動，隔空掐住蘭花的脖子。「妳若不想說實話，我留妳也沒用。」

蘭花怕得緊緊閉上眼，她死死咬著唇，怕疼怕死的她在此時竟愣是沒多吭一聲。蘭花這種植物，畢竟還是有一股傲氣的，像司命一般倔得要命……

天帝眸光寒涼地盯了她一會兒，指尖一鬆，卻是放開了她，蘭花捂住自己的脖子大口呼吸。天帝眸光在屋內梭巡一圈，終是停留在外室的一個角落。他命人抬來的聘禮雜亂地堆在一起，箱子上的紅綢未拆，她竟是連看也不曾看過裡面的東西。雲錦織的鳳袍已成，孤零零地掛在一旁。

他呼吸微頓，忽然覺得這一室的紅礙眼得刺目。

「青鶴。」沒法再多待半刻，他怒意盛極，轉身時的衣袍狠狠刮過蘭花的臉，他喚來隨侍的鶴仙。「將此女軟禁，調三千天兵下界尋人。」

鶴仙一直在門外，並不知屋內發生何事，他微微一怔。「帝君是要尋誰？」

「司命。」這兩字已吐出了點兒咬牙切齒的意味。

鶴仙大驚，臉色頓變。明日便是大婚，司命星君竟在這樣的時候跑了，這不僅是給了帝君一個響亮的大耳刮子，更是一巴掌拍在天界的臉上。

適時鶴仙突然想起不久之前天界流傳起來的傳聞，說天帝脾性越發難以捉摸，酷愛施虐於人，尤其是對司命星君……

這司命莫不是因為怕帝君成親之後施虐……鶴仙被自己的想法驚出一身冷汗。他隨侍天帝多年，深知天帝性子雖然冷漠，有時刻板，可主的是仁政，對施暴、施虐這樣的事半點不感興趣，否則天界也不會是如今這般自由得近乎散漫的模樣。

但如此熟悉天帝的鶴仙，聽到這個消息也有如此想法，別的神仙更是會作此猜測。

鶴仙在心底暗暗嘆息，司命星君這一招，搧了天帝面子，毀了天帝名譽，更是將天界眾神都擺了一道，心地著實狠辣了些。他瞅了瞅天帝的臉色，不敢再多言，忙領了命，急急離開。

天帝站在欽天殿門前，垂在寬大袖袍中的手緊緊捏著一支鳳簪，在金鳳口中含著一顆小小的白色珠子，正是司命被奪走的記憶凝聚而成。

指尖收緊，鳳簪被生生捏得變了形。

天帝嘴邊的冷笑漸漸凝出一股苦澀而無奈的意味。「竟是什麼也記不得了，憑著感覺也想報復我嗎？不愧是我的司命星君……」

上古蘭草漫天飛舞，幽幽劃過司命的鼻尖。接觸到生氣，蘭草化為灰燼，司命吸了些許到鼻子裡，不由得癢得打了個噴嚏。

不甚在意地揉了揉鼻子，她翻過一個小山坡，看見靜靜躺在那方的陰陽各半的湖水，紅色的光球一如既往地在湖面上各自旋轉。司命咧出一個大大的笑容，她已興奮得能聽到自己的心跳。

她掏出貼身放在懷中、從爾笙手上取下來的銀鈴，然後將神力慢慢注入到銀鈴中。

沒有多餘的招式，她大喝一聲，飛身上前，神力蠻橫地透過銀鈴擊打在紅色光球上。

這一瞬，所有的風都停止了，世界好似被什麼凝滯住了。只聽「喀啦」一聲輕響，黑色湖水上的光球表面裂開一寸縫隙，另一半湖水上的光球也在同樣的位置破口。大地猛地一顫，湖水激盪，空中凝滯的氣息好似被大風颳過，上古蘭草盡數伏身於地，風似乎吹出了形狀，和著天地梵音一層層盪開，越發激烈。

裂口越大，反噬之力便越是強烈，撕裂的疼痛在心口蔓延，司命咬緊牙關，不顧自己心脈受到重創，只不要命地將身中神力盡數灌入銀鈴之中。

司命和爾笙最大的差別，或許就在於做一件想做的事時，爾笙會粗魯地幹，而司命會先有一個規劃再粗魯地幹。兩者在本質上的區別，不過就是一個活得久了，歲月把她打磨得謹慎一些而已。

在兩股力量的夾擊中，銀鈴化為灰燼，紅色光球也在此時轟隆隆地塌陷，它沉入黑色的湖中，化成一團團紅色的灰；而白色湖水上的光球也同樣沉了進去。

世界靜止一瞬，司命聽得一聲巨響，抬眼一看，遠處的天開始慢慢塌陷，滿地的上古蘭草盡數枯黃，大片大片地死去。

陣眼破了。

司命眸光大亮，心頭充溢著說不出的喜悅與興奮。

腳下的湖水呼嘯著轉出一個漩渦，司命往下望去，在深深的黑暗之中有一個蜷縮起來的身影越發清楚。她不由自主地揚起脣。方才神力用過頭，傷了心脈，此時又是大喜過望，血氣翻湧衝上喉頭，她嘴裡一陣腥甜，竟嘔出一口血來。

她半點不在意，隨手一抹，汙了一身純白的素服。她沉穩著腳步，一步一步向黑暗中走去，像個凱旋歸來的驕傲將軍。

長淵，長淵，爾笙來救你了。

以後我們一起用雙腳丈量世界，我陪你看盡萬丈紅塵、俗世繁華，我陪你品盡人情冷暖、世間百態……

我們，再也不分開。

破碎的聲音在耳邊響起，他蜷縮著長長的龍身，埋著腦袋，連眼睛也未曾動一下。

他想，約莫是錯覺吧，這萬天之墟之中是不會有任何聲響的。直到碎裂的聲音越發大了起來，由遠及近，鋪天蓋地一般震懾人心，長淵終是動了動眼瞼，緩緩睜開金色的眼眸。

有……光？

他尋著光亮的方向抬眼看去，一點兒星光般的白在空中閃爍，他微微瞇起了眼。白色的光點漸大，光亮也越發刺目，四周的黑暗如瓷器落地一般，一塊塊碎裂，急簌簌地落下來。外界的氣息隨著萬天之墟的坍塌慢慢湧了進來，長淵只覺被封印壓制的力量逐步甦醒。

他仰首望向最初透入光亮的那一方，瞳孔不敢置信地慢慢放大。

在好似能撕裂一切的狂風之中，一襲素服的女子緩步而來，狂舞的衣袂與長髮更襯得她步伐沉著，好似是她的腳步踏破這一地禁錮，強悍得讓他也只記得仰望。

逆光中，他看見她淡淡微笑，聲音卻也有一分掩蓋不住的激動顫抖：「長淵，我依言來救你了。」

長淵便在這一刻忘記了呼吸，怔然著看痴了去。

萬天之墟的黑暗逐步被壓制到身後，光亮的天空再一次展現在他眼前，龍身上的鱗甲騰出塵埃般的金光，被狂風盡數吹去，如繁花飛過一般。在他自己都尚未意識到的時候，龍身化為人形，或許只是因為，在他心中如此模樣更能與眼前這女子相配罷了。

她沒法變成龍，那就讓他變為人好了。其實他是不介意遷就她的，甚至十分樂於遷就。

他伸出手，牽住那個徐徐而來的女子，極致沙啞地呼喚：「爾笙……」

一雙柔軟的手輕輕撫在長淵的臉頰旁，長淵微微一怔，稍稍回過些神來。眼前這人眸光清明，神力深厚，眉目間有著爾笙從不曾有過的沉著、淡然。長淵知道，她不再是他的爾笙，而是司命。

九重天上的……司命星君。

司命將他打量許久，眸光仔仔細細地丈量過他的眉目鼻脣，最後仍是嫌看不夠地伸手摸上他的臉。沒錯，她想，長淵就應該是這個模樣。

「長淵。」司命脣角含著壓不住的笑。「果然，你看起來一點兒也不聰明。」

長淵眸色暗了暗，微微向後偏了偏腦袋。「司命……」

這兩個字喚得有些許僵硬，想來他心裡定是有芥蒂的。但是走到如今這一步，司命已拋棄了自己的所有，她哪裡還容許長淵退縮。她脣邊的笑越發明媚。「不過還好，我是聰明人，我就愛你這副呆萌的模樣。」

言罷，她不由分說地一手摁住長淵的後腦杓，拽緊了他的頭髮不讓他跑，另一隻手捧住他的另半邊臉，以迅雷不及掩耳之勢生猛地將自己的脣湊上去。

長淵從來沒有被人用過強，當下猛地呆住，任由司命的舌頭強勢地竄奪進他嘴裡，橫掃千軍一般席捲了他所有的氣息。

司命嘴裡有股濃烈的血腥味，沒一會兒便沾染得兩人呼吸之間全是鐵鏽腥氣。

長淵氣息漸漸不穩，開始變得慌亂，他想推開司命，但當雙手貼在她腰上時，卻又不由自主地將她拉得更近一分。

她就像是讓人上癮的毒，越想遠離便越是纏得更緊。長淵的手開始不聽使喚地箍緊她，讓她與自己貼得越發緊密。他想用盡全力地抱住她，最好是能將她揉進自己的血與骨之中，不管是誰也不能將他們拉開。

濃重的腥氣讓他恍然以為這又成了與爾笙死別的那一天，他渾身皆被爾笙的血染溼，鼻腔之中盡是怎麼也呼不乾淨的腥氣。

惶恐、哀慟而無助，腦子中又是該死的理智冷靜。

沒人知道，在那時他每一次呼吸只會令他感覺越發窒息，就像是寸寸經脈都被人生生碾斷一般。長淵不由自主地再次收緊手臂，他忘不了爾笙在他懷裡絲絲僵冷的感覺；而現在，他抱著、吻著的人，還如此鮮活生動地活在他面前。

已是大幸……

鹹澀的味道混入這個幾近撕咬的深吻之中，卻是司命不知在何時已經淚落滿面。

她再是堅強，在長淵面前也忍不住露了深藏的膽怯；又或許，這個腥氣十足的吻也觸碰到她深埋於腦海中的幾縷情緒，絕望又慌亂。

他們險些……他們險些便再也見不到了。

司命淚落得越發不能自已了，兩人之間唇舌的交纏也越發沉重而難以分離。不知如此糾纏了多久，好似心中的洶湧情緒稍稍得到了慰藉，司命終是肯放緩攻勢，慢慢退出長淵的領地，但臉仍舊蹭著他的臉，彼此的呼吸急促地交融在一起，好似已經過一場令人面紅耳赤的情事。

猛然回過神來，長淵指尖一僵，恍然想起爾笙從前說他只能有她一個的模樣，頓覺悔得心口疼痛。他想往後退，司命強勢地摁住他的後腦杓，毫不客氣地拽了一下他的頭髮，令他疼得眉頭微皺。

沒了萬天之墟的封印束縛，長淵神力已恢復大半，以他的能力大可生生將此時的司命震開，但是他卻捨不得，於是他又在心裡為自己記了一筆，他負了爾笙……

司命以唇輕輕磨蹭著他的唇畔，微帶情動後的沙啞道：「長淵，長淵，不管是司命還是爾笙，不都是這一個魂魄嗎……你怎麼就不明白呢？」

長淵一聲輕嘆。「妳是司命星君……」

妳在九重天上，還有一個深深眷戀著的人。

「已經不是了。」司命輕聲道，像是安撫，又像是在對他訴說誓言。「若可以，我只望我永遠都是小山村裡的爾笙，在某天能遇見一個長淵，我們兩人……白首不離。」

此一句「白首不離」就像是春蠶吐的蠶絲，將他寸寸覆住，裹成一個繭，掙不開、逃不脫。

他想司命說得沒錯，爾笙與她本就是同一個人，他喜歡的就是這一個人，只是換了軀殼，靈魂還是她；但就算她只剩下一個魂魄，也足夠令他神魂傾倒。

司命淺淺笑著，聲色中卻不經意地帶著兩分苦澀。「想來在我還是爾笙的時候，對你用情一定是極深的。你看，我忘了你，卻在看見你的這一瞬將那命簿上記載的文字盡數變成了景象。忘了周遭一切，恨不能就在這裡要了你……」這句話把她自己都逗笑了。「如此的色中餓鬼，哪裡還是那個心中肖想天帝垂愛的司命星君。」

長淵一怔，重複道：「忘了我？」

司命眸光微暗。「說來話……」

她話音未落，忽聽一聲轟隆巨響，司命眸光一凝，探頭往長淵身後看去，卻見逐漸坍塌的萬天之墟竟然猛地停止破裂，那些像碎裂瓷器一般塌陷而下的黑暗竟在重新貼回天穹。

司命怔愣，長淵卻已下意識地將她攬進自己懷裡，一雙金眸犀利地掃過身後的黑暗，蹙眉道：「有人在重結封印。」

司命驚道：「天地自成的結界一旦破了，誰能結得回去？」她又想到一種可能，臉色驀地難看起來。「血祭？」

重結天地結界，除非以命為祭。

長淵點了點頭，眸光流轉到司命身上。他尋思了許久，才有點遲疑地問：「妳是來救我出去的？」

「不然呢？」

長淵微微抿脣，模樣看起來很是欣喜。「那我們便出去。」

他周身金光騰起，重化龍身，司命坐在他的龍角之上，逕自逃離又慢慢重建起來的黑暗。

司命不知，在她破開萬天之墟封印的那一刻，無極荒城也開始慢慢地坍塌。封印不再，荒城外的結界便難以支撐，荒城城門赫然出現在無方山禁地上空，不知內情的無方山眾人皆是駭然。

女怨大開城門，將裡面的人盡數放出，然而卻有些在荒城之中待了許久的「罪人」在看見外面世界的那一刻惶然不安，竟又退縮回荒城中。有的人欣喜若狂地走了，有的人卻滿目淒然地留下來。

不過女怨對這一切都不再關心，她抬起衣袖，指尖已化為粒粒紅沙，上古留下來的封印之力正在迅速消失，她比誰都更能清晰地感受到那股消亡的力量。

這樣也不錯。她想，好歹可以重入輪迴，忘卻此生。不生不死地過了幾百年，她疲了，不想再怨恨了。

城中人走的走、留的留，每人都兀自思忖著自己的心思。女怨廣袖一拂，轉身走回自己的小屋，屋中有她立的墓碑，葬了兩個未亡人。一片血色的墓碑上並不是沒有字，而是因為日日書寫，字跡重疊，將墓碑染成了血色，那些字自然是看不清了。

今日女怨看了看自己已經化為沙的手指，眸光垂了許久，終是抬起手，書寫著這數百年來她在這墓碑上寫過的四個字。

紅沙在血色墓碑上終是留下痕跡，她每一筆、每一劃都重複了那麼多遍，可是數百年中她卻沒有機會將這幾個字看清，而今總算看清楚了，也恍然發現，當初讓她光是在嘴裡唸唸便能笑出來的言詞，而今卻再也不能波動她死水一樣的心了。

長安、阿蕪。

過了這麼多年，原來她早已放下。

「長安，阿蕪……終是成了雲煙般的往事。」她聲音中有著揮散不去的陰冷，但此時不管是誰，都會聽出她話中的笑意。
封印的力量流逝得極快，漸漸的，她連坐直身子的力氣也沒有了，只得倚靠著血色墓碑，慢慢閉上眼。
正值此時，女怨忽聽轟隆一聲，逐漸流逝的力氣竟然慢慢回到身體之中。她心中微微一驚，忽然想到一個可能，她登時白了臉，也不知從哪裡來的力氣，她猛地蹭起身，疾步往荒城城門走去。
紅沙漫天之中，她曾愛戀至死的男子以劍直插厚土，他眉心魔印如燒，鮮血如注般灑落在地上。然而他眼神卻清明得好似往日那個流波山上仙，在黑眸中清晰倒映出她一身紅影。
「阿蕪。」他聲音有些顫抖，向她微微抬起手，喚道：「過來，與我回去。」
回哪裡去呢……
他們之間哪還有什麼退路可走。
女怨僵硬多年的脣角動了動，女子怨氣凝聚起來的身軀竟然還能微笑，她道：「你來找我吧。」
長安一怔，看著女怨紅衣之中的身影逐漸變成粒粒紅沙，風一吹，她的面容便模糊一分。
「這一世便罷了，下一世，等我喝過孟婆湯，走過奈何橋，忘卻所有，你再來找我吧。彼時，我們再重新來過。」

她的聲音消散在荒城乾燥的風中，一如她的身影混入漫天紅沙中一樣，再不見蹤影。

長安眼瞳惶恐地緊縮。

一團團灰色的怨氣自沙粒之中分離出來，那是這天下女子的怨氣，常年潛伏在女怨身體之中的恨意。她們淒厲地嘶叫著，痛苦地尖號，有的喚著她們的夫君，有的喚著自己的骨肉，傍徨徘徊，不知所從。

哪個女子不是因思成怨，哪個女子不是因愛成恨？

長安呆怔地看著遍布了滿天的怨靈，恍然驚覺，讓他們走至今日地步的竟全是因為他自己。

這一瞬，他不再恨天地不仁，不再恨司命命格寡涼，他只恨自己，深深的悔恨。

只是，這一世他再也無法彌補了……

第十九章 以命祭封印

司命逃婚了，在與天帝大婚的前一天。

這個消息傳開時，砸暈了不少前來參加婚禮的神仙。這世上竟還真的有人將天后的位置棄之不顧，且那人還是傳聞中一直愛戀帝君的司命星君！

而更令眾神琢磨不透的是，受此大辱，天帝卻只淡淡吩咐一句婚期後延，令各天神佛自行安排行程，便回了天宮再沒露面。他也沒有說這婚期往後延，要延到什麼時候。

司命犯下如此大的欺君之罪，便是綁在誅仙臺上剉骨揚灰了都不夠，天帝竟然還想娶她？

一時，眾神只覺這個世界好似都不真實起來。

好事者四處打探八卦，帶著看戲的亢奮窺視這位天界身分最尊貴的王者，向來清冷安靜的九重天上變得有些浮躁。

三生與陌溪是在準備去參加婚宴的時候得到這個消息的，適時，他們兩人已經走到半路上，碰見了折道回來的武曲星君。

聽罷武曲對事情一番轉述，三生呆了好一會兒，突然撫掌大笑道：「就該如此，讓那傲得翹屁股的天帝好好痛上一痛！」

武曲聽得直抹冷汗，就怕被天宮的侍者聽見了，挨天帝的罰。他堪堪接了兩句便忙拱手離開，生怕三生再多說出些驚人的言語。

陌溪聞言，微微蹙了眉。他想，若是司命下界，必定是因為想起什麼，以司命的脾氣定是會去救那萬天之墟的神龍；但要讓神龍出來，除了破開萬天之墟，別無他法，然而天地結界豈是以一己神力能摧毀的……

他恍然間想到什麼，神色一凝，轉頭問三生：「妳此前看的那本命簿，司命在上面寫的是哪四個字？」

三生摸著下巴想了一會兒。「大約是『天地龍回』什麼的吧。」

若要天地龍回，必定要讓這世間再無任何束縛能困住神龍……

陌溪面色沉了下來。「司命想毀了萬天之墟。」

三生本喜悅的臉色也微微一變。「毀天地結界傷陰德啊！會遭天譴的……」

她話音未落，只聽九天之上忽然傳來聲聲渾厚哀沉的鐘聲，響徹九天，遙遙盪開，令人聞之心傷。仙力稍淺的人好似被攝去心神，只想匍匐跪下，頷首叩拜。

三生難受得緊緊拽住陌溪的手掌。「我聽著這鐘聲怎麼想哭？這莫非是東皇鐘在響？上古神器會為誰而奏喪鐘？」

「司命只怕是已將萬天之墟毀了。」陌溪沉聲道：「萬天之墟成於天地初成之時，雖已自成一處方圓，但卻一直與天脈相連。天地之死，自然令萬物同悲。」

他想，司命逃婚給天帝難堪，或許天帝還能放她一馬；而現在她大大地亂了天地秩序，以天帝那剛正的脾氣定是不會饒了她的。只怕天譴未降，天帝便會親自動手將司命處理了。

三生驚道：「她去救神龍了？可是她的記憶不是被天帝拿走了嗎……」

陌溪搖了搖頭，道「不知」，心裡又為另一件事牽掛起來。「近日魔界餘孽一直在暗中籌劃些什麼，此次萬天之墟被毀，天下元氣必定受到影響，他們指不定也會抓住這個機會趁機造事……」

三生指尖微顫，她最怕陌溪提「戰爭」二字。有些事情雖已過去，但那些情緒卻印在她的腦海裡，揮之不去，成為時不時竄出來嚇她一下的魘魔。

察覺到妻子的不安，陌溪安撫地摸了摸她的頭，笑道：「無妨，不過只是猜測罷了。」

三生卻難得正色地緊緊盯著他，肅容道：「陌溪，我以前一直想的是，你走我走，你在哪兒，我在哪兒；但是，現在我沒辦法和你一起走了。」她抓住陌溪的手，將他放在自己的小腹上。「現在你不再是你，我也不再是我，我們兩人都背著一條命，所以，不管以後這三界如何翻轉，你都得回來。」

掌心隔著衣料觸碰到了裡面的柔軟，陌溪心底暖成一片，他垂了眉目，輕聲道：「嗯，這是自然。」

東皇鐘奏響的喪痛之聲遙遙傳開，飄蕩入天宮之中。

手中的金鳳簪子被瞬間化為齏粉，天宮之巔，天帝冷冷看著飄灑了漫天的粉末，混著司命那團破碎的純白記憶，隨著東皇鐘浩蕩之聲搖搖晃晃飛向遠方。

「很好，很好……」天帝冷笑。「妳倒是做得決絕。來人。」

鶴仙悄然出現在天帝身後，恭敬跪拜。「帝君。」

「上古孽龍私逃萬天之墟，著十萬天兵將其捉拿。司命星君毀天地結界，私放孽龍，散去神格，打入……」他聲音一頓，又道：「將朕的鎧甲拿來。」

鶴仙怔然。「帝君？」

「朕親自去拿她。」

這個「他」字說得極為含糊，也不知他到底是要去拿「他」還是「她」。

鶴仙不敢多問，忙領命而去。

散去的鳳簪粉末與司命的記憶早就不知飄去何方，天帝冷諷道：「我倒要瞧瞧，妳到底深情到了如何地步。」他攤開手掌，掌心一個咒印慢慢浮現。

那是他在司命還是爾笙的時候便對她種下的咒印。司命下界，心智不熟，極為容易被近來蠢蠢欲動的魔族誘惑。若司命入魔，他可以果斷動手，殺了司命，以防她的神力落入魔族之手。司命歸位之後，他本想在今晚將此印破除，沒想到現在竟還能用上……

天帝闔上眼，臉上神色是悲是怒，已難辨認。

此時的司命自然不知道上界被她鬧得惶然不已，她正舒舒服服地倚著龍角坐著，看著遠處千里雲海、萬丈霞光。瞅了千百年，今天倒是司命頭一次覺得此景美不勝收。

「長淵。」司命拍了拍身下的龍頭，問：「以前，你也和我看過這樣的景色嗎？」

長淵默了默，道：「還未來得及，我們……一直很蹉跎。」

司命笑著摸了摸龍角。「沒關係，大黑龍，咱們來日方長。」

正說著，長淵一俯身，長長的龍身竄入下方的雲海中。司命只覺眼前一花，許許多多飄散的金色粉末劃過她的眼前，她腦袋微微有些漲痛。她閉上眼揉了揉太陽穴，一張女子巧笑倩兮的臉驀地浮現，她認識她——爾笙。

緊接著，許許多多的回憶如同潮水一般湧上前來。

有萬天之墟中的寂寞相伴，有紅塵中的嬉笑怒罵，有疼痛至極的心傷，到最後，耳邊迴盪的卻只有長淵那一句平平淡淡的「我陪著妳」。

這個男子總是嘴笨得說不出討人喜歡的話，但就這四個字，已足以讓她感動得淚流滿面。

她趴下身子，臉頰輕輕貼著龍頭，任由重回腦海的記憶侵擾整片思緒。

穿過這片雲海，夕陽刺目地灑在下方的萬里河山上，司命與長淵的臉也被映出了一片暖意濃濃的橙黃。

長淵載著司命遊蕩了許久，終是問：「記憶，如何消失的？」

長淵化為龍身之後，聲音變得渾厚許多，他說話本來就沒多少語調感情的起伏，此時聽起來便更覺一派冷淡。但司命還是知道，他這話問得小心翼翼，像是怕觸碰到什麼讓她不開心的回憶。司命悶悶道：「約莫是被天帝那廝偷偷拿走的吧。」

長淵默了默，道：「我們去搶回來。」

他說得認真，好似攻上天界與眾神為敵是一件沒什麼大不了的事情。司命紅了眼眶，氣惱地狠狠拍了拍他的頭。「有這麼簡單嗎！」

長淵默默地受了打罵。

「笨蛋。」司命壓住心中的感情，嘟囔道：「應一聲啊喂！」

「嗯。」

「笨蛋。」

「嗯。」

「我說，以後咱們的第一個蛋就叫笨蛋好了。」

長淵默了默，微微嘆息道：「爾笙，這名字缺德。」

司命久久地沒再吭聲，長淵突然意識到方才自己喚了哪兩個字，一時也沉默下來。

司命深深吸了好幾口氣，才道：「大黑龍，你感覺彆扭嗎？爾笙還是司命，司命還是爾笙……」

長淵沒有回答，只餘一陣沉默。

「有什麼關係。」司命兀自埋著腦袋，俯身在他的頭上，啪答啪答地竟落了許多淚。「都是我罷了，我喜歡的只是你，你喜歡的都是我罷了。」

橙黃的霞光映在黑龍鱗甲上，泛出奇異的光芒。長久的沉默之後，長淵終是道：「我知道。」

司命眼淚、鼻涕糊了一臉，她暴跳而起，狠狠拍打龍角。「那你裝出這副深沉的模樣是要做甚！賣什麼高深！你的萌呢，你怎生不賣萌了！」

「因為……我不知道該怎麼喚妳，我不知道妳更喜歡哪個名字。」

司命抹了一把鼻涕，擦在龍角上。「笨蛋。」

長淵老老實實地應：「嗯。」

他不是個善於花言巧語的人，所以笨得不知道怎麼開口呼喚。因為在意，所以對關於對方的每一個細節都很在意。

萬天之墟結界恢復得蹊蹺，司命有些不安，她與長淵在天地間隨意遊蕩了幾日，兩人商量一番，最終還是決定要去無方山禁地看一看。萬天之墟與無極荒城是連在一起的，若是有什麼變故，定是兩地一起發生。

再回無方山之時，無方山中的先天靈力已弱了許多，想來是與荒城被毀，影響了天地元氣有關。無方山此時已成了一座空山，無方山弟子盡數出山去捉拿逃出荒城之後還欲為惡世間的惡人。荒城中的人不好對付，連長武也親自動了手。

司命心中有些愧疚，但看了看身邊的長淵，她又覺得不管她做什麼孽，只要救出了長淵，別的事她都可以慢慢地去贖回來。

她抱住長淵的手臂蹭了蹭。「要是哪天你敢負了我，我就……」她本想放一句狠話，但是到最後卻只能弱弱地說出一句：「我就不會再理你了。」

長淵怔了怔，眉眼中浮現出幾許笑意。「這確實是最嚴厲的懲罰了。」

一路暢通無阻地行至無方山禁地，司命卻為眼前的景色呆了呆。

荒城大門赫然立在禁地湖泊乾涸的湖底上，巨大的城門破開，荒城之中肆虐的狂風捲著城中紅沙逃一般地奔湧出來。

而在城門之中，有一個身著天青色衣裳的男子半跪在地上。他的背影看起來像一個孤寂的英雄，挺直的背脊彷彿要支撐住天地。他身上流下的血染紅了一大片地，顯得格外的怵目驚心，讓司命以為他身上的血似乎已經流盡了。

司命緩步走上前去，待行至那人面前，她微微一怔，不禁向後退了一步。

長淵在她身後剛好將她接住，他看了看跪在那處、氣息已絕而雙眸未閉的長安，拍了拍司命的頭。「不怕。」

司命像是忽然想到什麼，轉頭望向漫天的紅沙，她終於知道有哪裡不對了。女怨是城主，她的怨氣籠罩著荒城無盡無頭的白日，而現在怨氣卻徹底消失了。

司命面色白了一白，了悟道：「難怪當初她那麼輕易地答應我，原來竟是一心求死。」

她又回頭盯住長安未瞑的雙目道：「你為救她，以命祭封印……若是她看見了，不管這些年再怎麼怨，心底定然也是高興的。」司命走上前去，手輕輕覆上他的眼，幫他閉上了眼。「若我是女怨，定會原諒你吧。來生你倆若遇見，你再好好珍惜，好好對待她就是。」

司命收回手，看著長安浸了滿身的血而仍倔強著不肯倒下的身軀，她恍然記起在爾笙那一世中，她頭一次看見長安之時，藍袍仙人眉目清冷，身姿挺拔如竹。

這還沒有過多久，時間卻已繪出許多人的一生一世。

她轉過身，長淵仍舊淡淡地凝視著她，司命淺笑道：「長淵，咱們欠下了不少的債呢，該怎麼辦呢？」

「一起還便是。」

「嗯，那你說說咱們要先還誰的債？長安和女怨的，被我扔在天界的小蘭花的，還是……」

「司命，我們應該先去討債，那天帝……」長淵眸光微凝。「該揍。」

司命

第二十章

繪繁華

司命微微一愣，隨即笑了。「他不來招惹咱們，咱們便不去招惹他吧。」司命話音還未落，忽見荒城外的天空層層黑雲壓下，陣陣鼓聲如雷一般敲響，聽得人心底發慌。

司命微微一挑眉，這樣的陣勢她曾經有幸在陌溪身邊見過幾次，不過每次她都是高高站在那方黑雲之上，看著十萬天兵天將下界剷除魔孽，滌蕩反叛天庭的叛黨。司命從未想過，有一日她竟也會站在這黑雲的下方，接受來自天界的審判。

長淵手臂一動，將司命護在身後，斜斜看了她一眼。「妳瞅，他來招惹我們了。」

聽出他淡淡言語中竟帶著些許揶揄的意味，司命撇了撇嘴道：「既然如此，我也沒甚辦法了，大不了你也去招惹招惹他好了。」

司命知道天帝和自己一樣，自從修成真身之後便一直幹的是文活，他肚子那點兒水比自己實在多不了多少。若要天帝與長淵單打獨鬥，想也不用想，上古神龍定是完勝。但天帝那廝藏了不少祕寶法器，現今又有十萬天兵助陣，或許連戰神陌溪也在其中，長淵一人，只怕……

司命思忖著點了點頭，道：「長淵，大丈夫不以強凌弱，今日我們暫且放過天帝一馬，改日找個時間攻他後庭。」

長淵微微瞇起了眼。「我們要逃嗎？」

被長淵一語道破，司命也不尷尬，正經地點頭道：「嗯，要逃。」說著她拉了拉長淵，長淵卻難得不聽話地站著不動，神色難辨地看著她，眉目間莫名生出了點兒黯然。

「天帝如此……妳還護著他嗎？」

「什麼？」他聲音說得小，司命沒聽清楚。

長淵卻趁司命愣神的一瞬拔出了一直佩在司命腰間的一鱗劍，他冷聲道：「別人便罷了，只有他，我不會放過。」

司命不知長淵對天帝為何有這麼大的怒氣，待還要再勸，只覺腦子裡面有股鑽心的痛，好似什麼利器鑿穿她的頭顱。她面色驀地一白，想忍卻實在忍不住，一聲痛哼。

長淵一怔，卻見司命身影一晃，竟捂著頭直直往地上倒去。

長淵大驚，邁步上前，忙接住司命，連聲問「怎麼了」。

「頭……有點暈乎。」

長淵知道她定有事瞞著自己，現在也沒時間逼問，只得凝出神力貼在她的額頭上，意圖幫她舒緩那股疼痛。卻不想他這舉動更加深了司命的痛苦，她額上冷汗流得越發急，面色更是如紙慘白。

長淵不敢再動作，將手挪開之時，忽見司命額頭上出現一圈抹額一般的咒文。

上古咒言長淵自是識得，他眼一掃，當即臉色更為陰沉地冷了下來。

他一手抱起痛得幾乎快暈過去的司命，一手握緊一鱗劍，腳步沉著地邁出荒城城門。「別怕，這次我定護妳平安，絕不讓妳受半分欺負。」

黑雲壓城，滿天神佛神色皆肅，天帝泛著金光的座駕位於十萬天兵之中，他見長淵抱著司命出來，手一揮，震懾人心的鼓聲戛然而止。他微微瞇著眼打量著下方兩個人影，掌心浮現的黑色咒印驀地一深。

下方司命額上的咒印跟著變深，她不由得痛哼出聲，但這一下卻將她痛得清醒許多。她勉力撐住身子，抬頭望向天帝，眼中盡是不屈與嘲諷。「十萬天兵前來捉拿我夫婦二人，帝君著實看得起司命。」

她聲音雖小，卻內含神力，令在場眾神聽得清清楚楚。

「夫婦二人」四字將諸天神佛們刺了一刺，在這裡的人誰不知道前兩天帝君還想與司命成親，婚宴都辦了一半，新娘卻跑了……沒想到她竟是跑到下界，給帝君戴了一頂大大的綠帽子；甚至不惜毀了萬天之墟與無極荒城這兩處封印，冒著被天譴的風險，也要給帝君戴這頂綠帽子。

這帝君為人……著實有點失敗。

聽了司命這話，天帝仍是一副冷冷淡淡的表情，手裡的咒印慢慢隱去，他道：「司命，神龍遺子到底是何物，妳也未曾真正知曉，此番作為實在荒唐可笑。」

司命一愣。真正的長淵？

回龍谷中沖天的龍柱和龍柱上纏繞而上的「怨」字突然浮現在腦海中，司命默默望了長淵一眼。

長淵摟著司命的手臂微微一僵，他挪開停留在司命臉上的眼光，直直望向天帝，金眸裡冰涼一片。他道：「你若不解咒，我便讓你知曉真正的神龍遺子到底是何物。」話音一落，大風呼嘯而起，捲上天際，生生將十萬天兵腳下的黑雲吹得震顫不止。

眾神皆驚，沒想過他的力量竟蠻橫至此。

「狂妄。」天帝揮了揮手，四名青甲神將駕雲而出。

司命識得那四人，他們乃是陌溪手下的四名猛將。這幾人在一起作戰了數千年，默契、配合皆是一等一的好，即便是陌溪同時與這四人對戰，只怕也討不了好。

她握緊長淵的手，心底有些緊張，暗自思忖著脫身之法。哪想長淵卻摸了摸她的頭，小聲道：「若以後妳我想要安定的生活，今日一戰必要將他們打得無話可說才行。妳別怕，我先逼天帝把妳的咒解了。」

司命心思一轉，也只有點點頭。她遲疑地拿出一直藏在衣袖中的潄魄，正琢磨著要不要給長淵悄悄佩在哪裡，以防他走火入魔，被爾笙當初的魔氣控制。

長淵見她動作，只搖了搖頭，推開司命的手。「無妨，當初控制爾笙的那陰陽魔人早被我消化掉了。」

司命驚住。「那是……邪靈珠，上古魔物。」

長淵點了點頭。「正好，我是上古神龍，他在我體內沒鬥得過我。」

「他被你消化掉了？」司命愕然。「全排出去了？」

長淵耳根有些紅，他道：「尚未排出，只因為消化得一滴不剩……」

邪靈珠的力量有多大，司命不是不知道，而今或許連長淵也不知道自己有多強大。她怔怔地問：「你為何不見半分喜悅？」

「當初在萬天之墟沒覺得有甚好喜悅的，而今卻是與妳在一起，有了更喜悅的事，一時忘了說。」

司命笑了。「別將這諸天神佛打哭了，給他們留點兒面子。」

長淵應了，適時四名神將之一忽然砸了個響雷下來，長淵手一揮，金色結界平地而起，將司命圈在其中，結結實實地護住。

司命將漱魄放到長淵手中。「告訴天帝，咱們不希罕他的東西了。」

長淵眸光在司命手掌中的那個乳白色珠子上微微一流轉，司命的意思他懂，他不禁抿脣微笑。「好，不希罕他。」

手中一鱗劍光華大盛，重回主人手中令它備感興奮，劍上流光輪轉，晃得天上一些愛劍的將士眼紅。長淵身形一閃，眨眼間便行至四名青甲神將面前。一鱗劍尚未砍下，劍氣便已凌厲地刺破了四名神將身上的甲冑。

四人登時大驚失色，忙散開身影，分據東、南、西、北四方，將長淵圍在中間。哪想長淵根本不理他們擺出的陣法，將一鱗劍逕直向西方拋出，逼得位居西方的將士不得不閃身躲避。長淵手中龍氣一凝，一鱗劍便又循著軌跡飛了回來。它去得急，回來得更急，那西方青甲神將慌忙躲避之下被刺破了腰際。幸運的是，還好他躲得快了點兒，否則這一劍刺來，爆的便是他後庭……

眾神看得瞠目結舌，其餘幾名與長淵對戰的神將大罵卑鄙，長淵理也不理，就著西方的那個缺口，將手中的「漱魄」狠狠擲了出去。

諸神皆是大驚，只因他擲出「漱魄」的那一方正巧是天帝御駕所在。

「哧」的一聲：「漱魄」被天帝面前的結界擋住，乳白色的聖物此時與結界激烈地摩擦著，轉出了些許青煙與火花。天帝想起那日司命向他求要這顆珠子時的模樣，手掌驀地收緊。他鐵青著臉色，眸光未在長淵那方停留半分，直勾勾地盯住下方在長淵結界保護中的司命。

她臉色看起來很難看，想來這噬心的咒術定是讓她極不好受。只是她還撐著身子，目不轉睛地盯著與天將對戰的長淵，眸中的擔憂與愛慕之色讓他看得想挖出她的眼。

天帝食指在御座上輕輕點了兩點，身後的鶴仙會意，命人將天宮圈養的兩隻凶獸牽出來。凶獸一掙開枷鎖便直直向長淵撲去，畜生不懂得害怕，越戰越勇，長淵一時也被糾纏得無法脫身。

天界人多，用車輪戰術消耗長淵神力再適合不過。

天帝冷冷一笑道：「幽冥地府大門已開，只等將此孽龍捉住，打入十八層地獄之下。你既是不願再待萬天之墟，朕便再給你換個地方吧。」

司命的目光終是轉到天帝身上，脣邊的諷笑越發刺眼。「帝君，你的品行越發卑劣了。」

天帝拳心一緊，小小地催發咒印，司命果然捂住頭，收斂了脣邊的諷刺。

天帝火氣漸消，他悠悠道：「司命星君可知，為何到如今地步，我也未曾下過命令將此龍斬殺？」

司命頭痛欲裂，卻仍倔得不肯服半點輸，她笑道：「自是你沒那本事。」

「朕確實沒那本事。」天帝半點不避諱道：「妳可知上古神龍一族滅絕之時，為何獨獨留下他？彼時他不過是一隻神力微末的幼龍，當時的天帝既有能力滅了神龍一族，為何還要費那般大的力氣將他獨囚於萬天之墟？司命，這些問題妳可有好好想過？」

司命瞇起了眼。

正被纏得無法脫身的長淵聞言，眸光一狠，手下一鱗劍流光一轉，兩頭凶獸命喪當場。鶴仙早有準備，口令一出，數百名天兵一湧而上，再次將長淵纏住。

「長淵、長淵，原本應當喚作長怨吧。」天帝涼涼道：「由上古神龍一族長久不滅的怨氣凝聚而成，化為龍身，成為永生永世也不會滅絕的怪物，神龍一族以這樣的方法延續自己的血脈。現今我沒本事殺了他，當時的天帝也沒本事斬殺這樣的怪物，無奈之下才將神龍怨氣囚入萬天之墟。」

諸天神佛已鮮少有人知道這其中隱祕，此時聽天帝如此道來，皆是一陣心驚。

這樣長久不滅的怨氣……著實留不得。

司命怔然。

女怨乃是天下女子怨氣凝聚而成，但是她本是妖，由天地而造，肉身的殞滅自是生命的終結。然而長淵卻與女怨不一樣，他是神龍怨氣凝聚而成，不得天地鍛造，不在三界五行之中，這天地之中自然沒人能殺了他。

長淵無生，亦無死，真正算是這世道的一個誤入者。

天大地廣，卻沒有一處是他的歸屬。

司命腦海中突然響起許久之前，長淵望著回龍谷中的龍柱，對爾笙輕言道：「爾笙，現在連我自己都不知道自己是什麼樣的……東西了。」

原來，那時他說的這句話竟是這樣的意思。想來，長淵也定是那時才知道自己的身世；而那時的他，到底又是用怎樣的心情說出這樣的話。

他的悲傷、無助，心底暗藏的萬年寂寞誰人能解……

天帝涼涼道：「如此一個魔孽，遲早有一日當毀了天地，妳與他在一起可是想清楚了？」

數百名天兵已被盡數斬殺，長淵怒紅的眼更像是因為哀傷而紅了眼眶。一鱗劍殺氣騰騰地握在手中，長淵沒有看司命，只定定地向天帝那方而去。或許他不是不想看司命，只是心中藏了些許自卑、些許害怕罷了。生怕看了一眼，便在她眼中看出她對自己的驚怕與嫌惡。

其實司命一直都知道長淵不是無所顧忌的霸道男子，他心底是那麼害怕被拋下的孤獨，他其實一直像個孩子那樣……脆弱。

「帝君，或許你不曾知道，近日來司命經歷了些許事，又憶起了些許事。此前我一直認為天命可恨，定人生死，限人自由，但是在現在看來卻不盡然。天地蒼茫，眾生渺渺，所謂天命，不過只是我們在某些轉折的關頭，自己做的一些或對或錯的選擇罷了。每個選擇皆是由心而生，說到底，決定我們命運的不過都是自己。」

「且不論長淵在未來的某一天是否會毀了天地，至少在現在，他在我的眼中善良，並且對天地萬物懷有好奇與珍惜之情。他尚未滅世，你們便以滅世為由要將他永生囚禁，這不是天命，這不過只是天帝你的命令罷了。」

天帝面色陰沉，森森地盯著司命。

「你們打著拯救蒼生的名義，舉著防患未然的旗號，派十萬天兵、諸天神佛來誅一個無罪之人……」司命頓了頓，揚聲道：「若這便是你所謂的神仙之道，那我司命，在此立誓，從今往後，生生世世萬劫再不復仙！」

司命聲音一停，滿天神佛皆是靜默。

膽敢與天帝挑釁的，她還是天上地下第一人，但是眾神仔細想了想又覺得她說的話沒什麼錯。

天帝默了許久，才冷聲道：「千年修道，卻將妳修成了如今這般叛逆的脾性……」

「我覺得我如今這般脾性挺好，我便是逆了天道，也不過是跟隨自己的心做的選擇罷了。」司命彎唇一笑，眼神柔軟地落在長淵身上，她眼中的陽光像是被揉碎了一般，閃著極溫暖的光。「我是爾笙之時，長淵從未因我入魔而棄我於不顧。這世間有一個人甘願自己痛，也不想讓我苦，甘用永生寂寞祭奠我一世身死。如此深情我怎麼報答、怎麼愛戀，也不為過。」

原來，她還記得，她都知道……

長淵愣愣地望向她，心底好似被毛茸茸的狗尾巴草撓過，癢癢的，要將盛滿心房的暖意溢出來。

「他若為魔，我便是捨了神格，與他一道墮魔又何妨。」

圍攻長淵的天兵天將們也都住了手，面面相覷，最後目光落在天帝身上。

「很好，很好。」天帝怒極而笑。「既然妳已存了捨去神格、墮神成魔的心思，我今日便成全了妳，散了妳的神魂！」

話音一落，他掌心收緊，司命額上的咒印倏地加深。

她面色一變，極力忍耐著疼痛，雙唇卻開始止不住地顫抖。「帝君在這上位者的位置坐久了，倒顯得越發無情卑鄙……」

長淵見此景，心中暴怒，眾神只聽一聲震天龍嘯，竟是長淵化了真身，逕自向天帝撲去。

天兵們見狀，欲護天帝安危，不想撲上前去的神將被龍尾氣息一掃，登時被打散了魂魄，身體化為齏粉，消失於世間。

諸天神佛無人不驚，如此蠻橫的神力以後若真是為魔道所用，後果確實不堪設想。

見長淵一路向自己衝來，天帝也不急，他一邊慢慢收緊掌心，讓司命在下方疼得滿地打滾，一邊加強了周身結界。他這層結界乃是歷代天帝流傳下來的護體仙罩，長淵力量再是蠻橫，若想一舉攻破此罩也是不可能的。

龍爪抓上結界外層，激盪的氣流讓身處結界之內的天帝也不好受。片刻之後，只聽「喀啦」一聲，外層結界竟然裂出一條長縫。天帝眉頭緊皺，他沒想到上古神龍此時竟真有逆天之力。

位於天帝身後的鶴仙見此狀，大驚失色，喚更多的神將出列，在長淵身後各施仙法，意圖分散他的注意力來解救天帝。

哪想長淵動也不動，一雙燈籠大的龍眼直勾勾地瞪著天帝。「解咒，否則我今日定讓你天界無一人活著回去！」

做到如此地步，天帝豈能退縮，他張了張嘴還未說話，忽聽上界遙遙傳來一個女聲的怒喝——

「鬥！鬥你妹！天界後院起火，被魔界攻了上來，你身為天帝卻在此地吃醋鬥毆！」

這樣遣詞用句的方式，眾神與在場的神將都很熟悉，正是戰神陌溪的妻子三生。只見她頭髮散亂，一路急急駕雲而來，還有些氣喘。

「魔界大舉入侵，戰神有令，十萬天兵速回天界！」

在戰爭一事上，陌溪的地位遠遠高於天帝。將軍令一出，眾將士沉聲一應，速速整裝。

諸天神佛也是一驚，不承想沉寂多年的魔界竟會在此時重攻天界。後院起火，大家一時都有些慌了陣腳。

天帝面色也凝了起來，掌中咒印隱去，結界之力也弱了下來。長淵卻不管什麼神魔之戰，一爪子刨碎天帝的護體仙罩，轉身化為人形，手握一鱗劍直直比上天帝的脖子。「解咒。」

天帝神色沉凝，仍舊一言不發。

知道司命不痛了，長淵便也絲毫不著急地與他耗著。

倒是急得匆匆忙忙奔來的三生險些抓禿自己一頭金貴的毛。想到丈夫陌溪還在天界之上與魔界的人浴血奮戰，而這天帝竟還不厚道地糾纏兒女私情，她胸中怒火大起，拔腿衝上前去，不由分說地一腳踹在御座上。

「你這操蛋的男人，我夫君在後面為你禦敵血戰，你卻在這兒與神龍眉目傳情，知道你二人虐戀情深，也不急於在現在表現出來啊！你若是再不回天界，我便斷了你的命根子，讓你從今往後做個萬年小受！」

所有人皆是一副被雷劈過的表情。

只有當事者幾人還算淡定，長淵看了看三生，正色道：「我對他不感興趣。」司命在下方忍著殘餘的頭痛，笑得直打顛。「三生吶三生，今日天帝這廝不解了我身上的咒，長淵是不會放他走的。」

三生眉目一凝。「什麼咒，下在哪兒？」

司命指了指天帝。「喏，他手上。」

三生拔出陌溪送給她的隨身匕首，照著天帝的手腕比劃一下，道：「既然你不願走，為了天界與陌溪的安全，這手你便別要了，讓我剁了吧。」

天帝忍耐地閉了閉眼，他心知魔界犯上定是做好萬全的準備，如今他帶出了十萬天兵，神界空虛，只憑陌溪與剩餘天兵定是抵擋不了多久，必須速回。

而司命與這龍……

再睜眸時，他眼中一片清明。他攤開掌心，手中咒文騰空而起，逐漸消失，司命額上的咒印也漸漸不見了。

天帝沉聲發令道：「回天界，禦敵。」

「諾。」眾神齊聲呼應，沒一會兒，壓城的黑雲轉眼便消失蹤跡。

長淵獨自回到司命身邊，見她臉上全是明媚的笑意，她道：「你瞅，事實告訴我們，缺德事做多了，後庭總是會被爆開的。」

「確實如此。」長淵心中也暖意融融，他蹲下身子摸了摸司命的頭，彎著眉眼道：「以後……我們會有很長的時間，這次下蛋的事，妳可別再說成空話了。」

「我知道。」司命抱住長淵的脖子蹭了蹭。「但是在這之前，我們還有一件事沒做呢。」

「嗯？」

「在我還是爾笙的時候，有個噁心的孔雀妖怪老是欺負我，與我過不去，甚至間接或直接地造成了咱們那場悲劇。現在我怎麼想，怎麼覺得心裡不舒爽。知道他們魔界想反上天界幹壞事，我想現在我有這個能力了，怎麼也不能讓他舒爽了去……」

長淵聽了這話，在意的卻是另一件事。「司命，妳記起來了。」

「嗯，記起來了，正琢磨著去報仇呢。」

「睚眥必報。」

「嗯？」司命一挑眉。「你不喜歡？」

長淵微微紅著臉，抿唇笑了。「喜歡。」

見他這副模樣，司命心頭一熱，抱住他蹭了蹭，欣喜之下又舔了舔他的耳朵，鬧得長淵一陣面紅耳赤。

「這事……還是在房間裡好……」

司命咬住他的耳朵咯咯笑著。聽她呼吸噴在自己耳邊，長淵心頭癢了癢，手掌貼著司命的後腦杓，將她的腦袋轉過來，脣畔輕輕貼上去，調戲一般地摩擦了一會兒。長淵咬住她的脣，含糊地呢喃：「不准在這事上欺負我。」

「長淵，我哪捨得。」司命笑道：「不過我是大方的，你可以在這事上欺負我，我不介意……」

於是，長淵便依言欺負她了。

兩人纏在一起磨了許久，司命終是拉住長淵的衣袖道：「我們去天界吧。把這事了了，咱們就過自己的生活去。」

「好。」

司命與長淵重回九重天上時，那裡已亂成一片，和平太久的天界早已忘了如何抵禦強敵入侵。魔界之人剽悍善戰、生性殘暴，下手毫不留情，九重天天門之內的條條白雲道上皆是一片血染腥紅。

司命看得心驚，轉而又出奇地憤怒起來。這裡是她待過數千年的地方，是她的家。這樣的地方，她可以嫌棄，可以嘲罵，但絕不能容忍外人有一分侵犯。

她拿過長淵手中的一鱗劍，冷聲道：「魔界欺人太甚……」

「嚶嚶……」

一道熟悉的哭聲傳入司命耳朵，她扭頭一看，竟是蘭花不知什麼時候藏在天門後的一根斷柱下，紅了眼眶，可憐兮兮地望著她。「嚶嚶嚶。」

司命一怔。「妳還活著？」此言一出，她拍了拍自己的嘴。想到此前將蘭花獨自留在天界，又讓她逢此大劫，司命心中很是愧疚，柔聲喚道：「阿蘭別怕，妳告訴我，誰欺負了妳，我去揍他。」

「主……主子。嚶嚶，我以為妳不要我了……」蘭花哭紅了鼻子。「打上來的人都好凶，他們殺了在欽天殿看守我的人，我藏在真身裡，他們沒發現我。我、我好不容易逃了出來，正準備下界去找妳，可是……可是之前妳便拋下我走了，我又怕下界妳不要我，嚶嚶，妳不要我，我也不要妳了。哼！」

見她現在也不忘了耍小脾氣，司命哭笑不得。沒時間與她玩笑，司命問：「魔界之人往哪裡去了？」

「哼，我才不會告訴妳，他們都攻到天宮那方去了呢！」蘭花噘著嘴。「我才不會告訴妳，他們吼著什麼要復活魔尊！」

司命臉色一變，連長淵也皺緊眉頭。兩人對視一眼，皆在對方眼中看到了疑慮。

上古神龍被滅族之前，九幽魔尊便因為其性格殘暴、力量強大而被上古神佛聯手斬殺。如今這魔界之人吼著要復活魔尊，攻上天宮做甚？

司命拍了拍蘭花的頭。「妳乖乖躲著，我與妳……妳姑爺去打壞人。」

蘭花眼一凸，怔怔地看向旁邊的長淵，沒一會兒，眼中的淚水又啪答啪答地落下來。「妳果然、妳果然不要我了，妳有了男人就不要我了！」她說著，抹了一把心酸淚，痛苦奔逃而走。

長淵望了望蘭花遠去的方向。「妳養的寵物？」

司命點了點頭，笑道：「她哭起來挺有意思的是吧？」

長淵點頭。「是有點意思。」

「我也這樣覺得。咱們還是快點去天宮，省得天帝若是真被人開了後庭，仙家顏面過不去，我的顏面也過不去。」

居於天界最高處的天宮此時已不復往日清淨，層層黑色的魔氣升騰而上，盤旋在天宮上空。廝殺聲與各種法器碰撞出的流光，侵擾著所有人的視聽。遍地的鮮血流淌，散發出令人作嘔的腥味。

一個魔兵殺紅了眼，直挺挺地向司命衝過來。司命挑了挑眉，眼角餘光中只見長淵手中一鱗劍一轉，衝過來的那人立時化為灰燼。然而劍氣卻未就此消失，它去勢越發地快，從無形化為有形，如同一把越變越大的刀刃，砍瓜切菜一般掠過前方，劈砍了一切阻礙物，最後直直撞在天宮前的高高雲梯之上，才「轟」的一聲消散而去。

這突如其來的一招，將正鬥得不可開交的神魔兩道人皆震住了。眾人的目光一時全凝在突然出現的一男一女身上。

司命不曾想長淵一劍竟弄出如此大的陣勢，她輕咳了兩聲，湊在長淵耳邊道：「我們還是要低調點兒。」

她話音未落，天宮之巔忽然出現一個穿得七彩斑斕的男子身影，他迎風而立，衣袂上的各色綵帶隨風飛舞。他手中捧著一塊漆黑的靈牌，高舉過頭頂，天上的黑雲中突然激射出一道青光，直直落入靈牌中。

他高聲道：「恭迎魔尊臨世！」

群魔頓時振奮起來。「恭迎魔尊臨世！」

在場眾神臉色大變，忽聽天宮之中又傳來一些聲音。初始音色極小，而後慢慢便大了起來。大家仔細一聽，發現竟是淨天之術的佛音。這天地間只有天帝一人會這法術，也只有他一人能使用這淨天之法。

清萬世汙穢，洗天下魔氣，是極霸道的降魔之法。

但用這法術卻是要以命為祭。

生。

眾神聞此佛音，既喜又悲，甚至有人大哭出聲，喚著天帝仁慈、捨身救蒼

司命垂下眼，心中正感慨萬分，卻聽長淵道了聲「不好」。

她心中一驚，抬頭望去，只見層層魔氣凝聚出的黑雲之中驀地又射出一道青光直直砸向天宮內，佛音一頓，再響起時已減弱許多。

而天上的黑雲卻越積越多，有的魔兵甚至以身殉葬，化為一股股魔氣竄入空中，只為助他們的魔尊再臨三界。

黑雲之中電光閃爍，混著轟隆雷聲，越來越多的青光激射而下，四處亂砸，被掃到的人登時化為一股黑煙消失不見。

長淵摟著司命躲過亂砸下來的一道青光，他眸色一沉，金光覆上他的黑眸，他替司命立了一個結界將她圈在裡面。

司命不服。「我並不弱，無須你如此保護，我要和你一起。」

長淵安撫似地拍了拍她的腦袋。「我希望妳被這樣護著。」言罷，提了一鱗劍便出了結界。

司命想拉卻也沒能拉得住人，她拍著結界，氣得大罵。

長淵現在雖然力量強大，但魔尊在上古便以善戰而成名，他如今尚未凝聚成形便已有了抗擊淨天之術的能耐……保不準長淵會出什麼事……

司命越想越害怕，目光緊緊跟著長淵的身影，見他頭也不回地扎進那團黑雲之中，她的心也跟著提了起來。此後只見天上電閃雷鳴，半點也看不清裡面的狀況。司命想，若是這次長淵好好地出來，她一定得做塊針板讓他在上面跪上三天三夜也不原諒他。

黑雲之中的電閃越發激烈，卻已沒了青光再擊打下來。

不知過了多久，立於天宮之巔的孔美人臉色越發蒼白，他捧著靈牌的手劇烈顫抖，忽然他一口黑血噴出，染了一身妖嬈的衣裳。孔美人自天宮之巔跌落下來，眾人卻沒有關注他半分，只見天空中的黑雲越積越大，陣陣法術相鬥的轟鳴聲在其中響起。

沒人知道裡面發生了什麼，隨著黑雲越發膨脹，眾仙皆感覺自己的身體像是被巨大的力量擠壓著、撕扯著，幾乎要被碾碎。空中相鬥的法力讓有些修行不濟的仙人咳出血來，可想而知其中爭鬥有多激烈。

正是最難受之際，忽聞一聲巨響，耀眼的白光猛地自黑雲之中炸開，攜著橫掃千軍之勢，滌蕩天下魔氣！

刺目的白光之後，黑雲已消失無蹤，只有一道手持黑色長劍的修長身影傲然立於空中。

他的面色看起來也有些蒼白，唇角掛了點兒血珠，但沒人能在這時否認他的強大。

連淨天之術也奈何不了的魔尊……這條龍居然將他鬥贏了。

長淵撤了結界，緩步走向司命，行至她面前，淡淡道：「妳看，妳沒事，我便沒事。」

司命一爪子抬起來，本想打他，聽到這話只覺心軟不已，轉手勾住他的脖子，一邊往他懷裡鑽，一邊狠狠道：「待會兒回去給我去跪釘板！」

「回哪裡？」長淵問。

回哪裡……司命恍然間想起，他們雖立志行遍世間，但是他們也應該需要一個家，一個可以容納他們倆和未來很多龍蛋的家。

司命從長淵懷裡探出頭，卻見魔界魔兵已經潰敗而去；而天界眾神戒備地看著他們，神色惶恐，好似長淵在下一秒便會轉手滅世了一般。

沒一個人是真的願意相信長淵，相信她的，只怕日後她與長淵的生活日日都得面對猜忌。

司命此時只覺一陣心累。

「司命。」長淵忽然道：「我忽然想回萬天之墟了。」在那個地方沒有嫌惡的眼神，沒有戒備猜忌，除了孤獨……

只是，有彼此相伴，哪還有什麼樣的孤獨。

「好，我們回萬天之墟。」司命頓了頓道：「不過萬天之墟已被毀了一半，雖有長安以命祭封印，可卻也再難恢復到之前的模樣……若要修補結界，只能找天帝。」

長淵眉頭一皺。「那便不回了，我不用他幫忙。」

司命笑了起來。「笨蛋，封印我們，他可是求之不得，咱們才算是幫了他的大忙。」

兩人正說著，卻見鶴仙扶著天帝出了天宮。他站在高高的雲梯之上，俯視著司命與長淵。司命笑著望他。「帝君，你看如何？」

他默了許久，冷聲道：「如妳所願。」

修補萬天之墟的結界花了不少時間，司命便趁著這段時間帶著長淵四處走走。

他們去了下界，看見沉醉與霽靈終是衝破世俗的枷鎖，出了無方山，走在了一起；他們看見長武放棄修行，選擇了下一世再做凡人。

再入萬天之墟之前，唯一的遺憾是那個哭著喊「不要主子了」的小蘭花真的不見了，不知道她跑去哪裡。司命想，她那個脾氣到外面應該會吃不少苦頭吧。

不過苦難又何嘗不是一種歷練呢？

萬天之墟遠在天際，天帝遣派陌溪與三生前去押送。入結界之前，三生對司命道：「你們若是現在想逃，我可以負責將我與我夫君的眼睛遮住，我們什麼都看不到。」

陌溪一聲嘆息，卻也沒反對。

司命牽住長淵的手，笑了笑，道：「今日我們便是逃了，他日帝君知道了，便又會不死心地來找我們麻煩吧。他鐵了心地認為長淵一定會滅世……但世事真的憑一本命簿便可安排完全嗎？如同妳與陌溪所經歷的那三世，我都早早地定好了命簿，卻也被妳打亂；也如同我為自己寫的那本命簿一樣，我要天地龍回，但是現在卻帶著長淵繼續蹲在萬天之墟裡。誰說天命便一定會實現呢？我們回萬天之墟，不過是讓有心之人別往我們身上潑糞，也希望從此以後能兩個人在一起過得安穩點兒罷了。」

長淵摸了摸司命的頭。「還要和龍蛋們一起。」

三生笑了笑，她從懷裡摸出一枝筆，塞進司命手裡：「我欣賞妳，送妳一件小禮物，當作送別了。」

司命不客氣地收下。「就此別過。」

眼看著兩人的身影漸漸消失在黑暗中，三生突然覺得眼眶有點發澀，她大聲問：「喂！裡面什麼都沒有，不害怕嗎？」

而裡面之人的聲音已經傳不出來了。

入得萬天之墟，外面的聲音盡數消失，只剩下三生那句「不害怕嗎？」還在耳邊迴響。

「不害怕的。」

司命看了看身邊的長淵，手中握著三生給她的那枝筆，調皮地在長淵臉上勾勒出花瓣的形狀，她輕聲笑道：「有你在，何處不心安，何處無繁花。」

忽然，司命畫出的花瓣竟真的平空出現，粉色的花瓣自筆尖簌簌落下，飄在萬天之墟的黑暗之中。

司命一驚，呆呆地望向長淵，長淵也有些怔愣。「這筆……」

司命想了一會兒，倏地爽朗大笑起來。

「人間皆道我手中的筆定生，判官手中的筆定死。我做司命的時候，是以神力書寫命簿；而三生在做司命星君一職的時候，想來定是神力不夠，去冥界把判官手中的筆誆了過來。而今我一筆描下，既是生又是死，天地萬物哪樣不在生死之間。三生啊三生，妳送了我創世的能力，這可是一件大禮物啊！」

「長淵，我用一筆為你譜一曲浮世繪，為你再現塵世繁華，你說可好？」

「好。」長淵將司命摟在懷裡。「不過咱們要先有龍蛋。」

「咦……現在嗎？」

「如果妳想……」

司命

番外一

臉紅心跳的事

月夜，竹屋內。

「等……長淵，等一下，痛。」

「痛？好……我們不做了。」他說著，微微退開身子，竟是真的做了離開的打算。

司命一咬牙，狠狠抽了一下他的臀。「你敢！」

他果然是不敢的，但他更不敢動，身子僵硬地撐在司命上方，腦袋埋在兩個柔軟之間。他呼吸粗重而溫潤地噴灑在她身上，惹得司命也臊紅了一張老臉。

他卡在她身體裡，不進不退，這樣詭異的境地倒是讓長淵越發地堅硬起來，司命幾乎能感覺到下面那個東西在自己體內難抑地顫抖跳動。

有溫熱的液體源源不斷地從身體深處湧出來，滋潤了緊密相連的地方。司命捉住長淵撐在她身側的手，讓他撫上自己的柔軟。「有……有這麼個法子，或許、或許不會痛，你幫我，呃……揉，揉那麼一揉。」

長淵此時已在拚命地壓抑，聽得司命如此要求，他也沒多問，依著她的意思輕輕揉了揉。揉著揉著，他驚嘆地抬起頭，望著司命。「司命，它……變了。」

窗外的月色透過白色的紙窗，照出了司命一臉滴血的羞紅，長淵這才看見她緊緊咬住自己的食指關節，忍耐著喉頭滾動的呻吟。眸光如水，盈盈動人，表情有點羞惱的委屈，看得長淵身下又是狠狠一跳。

這情不自禁的一跳，讓司命喉頭死死壓抑的呻吟再也忍不住地驚呼出來。長淵痴痴地盯著她，脣角不自覺地勾起來。看著她這樣被自己「欺負」，長淵覺得很開心。

「你，別老是看著。」饒是司命平日裡臉皮再厚，此時也被長淵直勾勾的眼神看得直捂臉。「你……也別老是卡著。」

半進不退，這條蠢龍可知道她已忍得很辛苦了，但是這樣的話她又怎麼催促得出口。

長淵聯繫她的前言細細一琢磨，品出了話裡的意思。「妳是說，只准進，不准退？」

司命捂著臉，一聲嘆息，而後默默點頭。

「司命，痛便與我說。」

「嗯。」

每深入一分，每感受到彼此的溫度更近一分，兩人的臉便更紅了一分。長淵動作很慢，而此時越慢便越是能勾出司命身體中的躁熱。她壓不住嚶嚀，長淵也控制不了呼吸。

氣息的熾熱抬升了屋內的溫度。

抵達最後那個地方，長淵啞了嗓音，極具磁性且極致溫柔：「痛嗎？」

怎麼會不痛？她即便是看不見也知道，混合著黏膩液體的血液已染紅了床單。她搖頭，眸帶笑意，深深望進他金色眼瞳之中。「不痛。」

興許是本能，接下來的事情司命沒有再多嘴一句，長淵便能摸索著做得很好，非比尋常的好……

神龍精力旺盛，司命有點招架不住，但每次長淵問她痛不痛，她都笑著搖頭說不痛。

能擁抱著彼此做快樂的事，她笑都來不及，這點兒痛哪比得上心中的安樂幸福。

長淵在慢慢地熟悉，她也逐漸地適應，彼此的動作越發激動迅速，一次比一次猛烈的撞擊，一次比一次深入的痛快。

司命眼中的月光被搖碎，只剩下長淵的臉成了永恆不變的印記，深深雕刻在她心間。

「長淵，長淵……」

「嗯，我在。」他的聲音因為快樂而微微變調。

「我愛你，很愛……嗯……很愛。」

長淵的嘴笨在此時顯露無遺，他只埋下頭去，狠狠咬住司命的脣，脣舌激烈相交間，司命身子痙攣起來，熱潮湧出，緊緊包裹了他。

一聲低吟，他便也毫無抵抗力地交代了出去。

司命緊緊摟著他，他藉著餘韻繼續動作，嘴唇向下，在她頸邊的大動脈上狠狠吮吸，刻下他的印記，只屬於他的印記。

「妳是我的，我也是妳的。」

「我是你的，你也是我的。」

司命

番外二

龍蛋

萬天之墟中，司命畫出了天地日月，造出了山河湖泊。這個世界寬廣而安靜，她和長淵活得很自在，只是有點寂寞；但是隔不了幾天，他們便要徹底與這樣安靜的生活告別了。

司命摸著自己圓圓的肚子，看了眼旁邊坐立不安的長淵，問：「長淵，你想要個女孩還是男孩？」

這個問題她已經問過無數次，每次長淵回答的都是「都可以」。但這次他明顯有點焦慮過頭了。「我在擔心他、他是個人還是個蛋，若是人還好，若是個蛋該如何孵化呢？還是……」他被自己的想法嚇白了臉。「人頭蛋身？人身……蛋頭？」

那得是怎樣一個怪物啊……

司命撇了撇嘴。「長淵，你擔心太多了。」她話音剛落，忽覺肚子一陣隱隱的疼痛傳來。司命摸了摸陣陣顫動的肚皮，臉色沉了下來。「唔，我覺得……」肚子的疼痛越發明顯起來，司命面色白了白。「真相馬上就要大白了。」

「什麼？」長淵一呆，見司命捂著肚子，冷汗流下她的額角，他下頷抽緊。等回過神來，他凝神靜心、穩下心緒，立馬將司命抱回屋中躺好。他熟練地脫下她下身的衣物，又點火燒水。為了今天，他早在司命一個人睡著之後演練了許多遍。

他知道，萬天之墟裡沒有其他人，他的司命只有他。
疼痛讓司命臉色蒼白如紙，她緊緊抓住長淵的手，她看見自家丈夫神色雖沉穩，臉色卻白得像是他也要臨產了一般。司命一時覺得感動得想笑，可還不等她咧開嘴，陣痛便猛然襲來。她捏住長淵的手狠狠一緊，對方也用力地回握她。

「乖，不怕，沒事，沒事。」

此時若是只有司命一人，以她倔強的脾氣，這樣的痛她咬咬牙便和血吞了；但長淵如此一安慰，她便覺得她是可以軟弱的，有人可以包容她的軟弱，有人可以代替她堅強，給她最有力的依靠，任她如何依賴耍混也對她不離不棄。

「長淵……真的很痛。」司命眼眶一紅，淚水刷刷地便流了出來。

「嗯，我知道，沒關係……下次我們不生了。」他鎮定著臉色，卻說出語無倫次的話。

「真的很痛。」

他輕輕地親吻她的臉，生怕稍一用力就把她的臉親破了。「我在這裡的，妳別怕。」

「很痛！」

「好好，不生了，我們不生了。」長淵急急道。

司命渾身疼得一抽一抽的，她一邊哭一邊笑：「你說不生了就不生了嗎？你把他塞回去！有本事塞回去！」

他們的第一個「蛋」便在這樣混亂的對白中擠了出來。生出來的是個男孩，正常的男孩，身上沒有一丁點兒蛋殼，長淵替他洗了澡，僵硬地抱回去給司命看。

司命見了孩子哭成一團的臉，虛弱笑道：「長淵，你瞅瞅你兒子，醜成這副德行了，嗓門倒挺大。」

長淵久久沒答話。

司命強撐著精神，戳著孩子玩了一會兒，才恍然發覺身邊安靜得奇怪。她抬頭一看，猛地呆了。

長淵俯下身子，將司命與孩子一起摟進自己懷裡。「我說真的，以後不生了。嚇死我了。」他聲音在顫抖。

司命呆了半晌，費力地抬起手，拍了拍他的背。「你怎麼和孩子一起哭啊，我可安慰不過來。」

長淵只是把自己腦袋埋在司命的頸窩，一個勁地搖頭說「不生了」，就像剛才生了孩子的是他一般。

「這可不行呢，我還想要一個女兒。這個哥哥叫長命，妹妹叫長生，以後你再也不用孤獨了。」

長淵擁住她，一陣沉默。

「其實，我早就不孤獨了。」

司命

番外三

一世安

「阿蕪！」

聽得一女子厲聲呼喝著這個名字，他情不自禁地轉過頭去。

拱門的紅燈籠下，清秀的女子捉住了一個身穿鴉青色補丁衣裳的清瘦女孩。

女子擰著她的耳朵，邊打邊罵。「妳娘是個賤貨，沒想到妳也是有樣學樣地成了個賤貨。說！妳把清風姑娘的白玉手鐲偷哪兒去了？」

「我沒偷。」女孩聲音清冷，卻有股傲氣，答得不卑不亢，只是眼中陰氣森森，即便映著紅燈籠的柔光也掩蓋不住。

他站住身子，抱起手臂打量女孩。

女子繼續抽打她，罵得越發難聽，只是女孩再沒開口辯解一句。

他眸光微轉，覺得這女孩如此倔強的模樣只讓他莫名地熟悉，熟悉得心口發燙。

「世子？」隨從易厚在身後輕聲詢問：「要幫？」

他還沒點頭，一陣濃膩的脂粉氣息便飄散過來，風月閣的老鴇舞著手中粉色絲巾，諂笑著擋住他的視線。

「讓樓內的一些瑣事擾了世子的眼，真是對不住了，對不住。來，世子，咱們還是速速上去吧，清風姑娘知道您要來，可是準備了許久了。」

他漠然地推開擋住視線的肥胖身軀，指著拱門外的兩人問：「那是誰？」

見他這麼執著，老鴇陪笑道：「那是清風姑娘使喚的丫頭，叫青靈，模樣確實清秀，世子可是看上她了？不過，這該如何是好呢？清風姑娘已經特地為您準備了……」

「挨打的是誰？」他語氣中已經有了些許不悅。

「啊……啊，那個也是清風姑娘的丫頭，叫青蕪，只是個粗使丫頭。她娘之前也是我風月樓的姑娘，後來得病死了，留下她在我這裡……呃，還債。她長得挺好，只是性子陰冷，不討人喜，世子還是……」另謀他人吧。

在易安冷冷的注視下，最後這五個字被吞掉。老鴇脊梁寒了寒。這靖安王世子易安，可是才從邊疆戰場上與其父王一同殺敵歸來，年僅十五便威武過人。據說他在沙場之上砍人腦袋如砍瓜切菜一般，毫不手軟；在糧草不足時，甚至吃過敵人的血肉。是個心狠手辣的人，她可不敢得罪。

老鴇的話加上眼前這一幕，易安想也不用想，也能猜到這個女孩素日過的是什麼樣的生活。

「她欠什麼債我來還。」他冷聲道：「讓她別打了。」

老鴇尚未分清楚這兩個「她」分別指誰，後面的易厚恭敬地應了一聲「是」，撿了顆石子，轉手扔出去直直打在青靈的腰際。青靈一聲痛呼，狼狽地摔倒在地。

見有人幫她，挨打的青蕪似乎比青靈更加驚訝。她呆呆地望向這邊，透過喜慶的紅燈籠，他倆終於見了第一眼。

心中怦然一動，易安忽然記起很小的時候父王大笑著告訴他，「我對你娘是一見鍾情。」

那時他不懂何為情，更不懂何為一見鍾情，但現在，他隱隱約約有些明白了。

就像是靈魂中不慎遺落的珍寶被尋到了一般，溫熱了冷硬心房中唯一一塊柔軟之地。

「我要帶她走。」易安道：「從今往後，她便是我靖安王府的人。」

老鴇一驚。「那清風姑娘？」

「不看了。」

一個丫頭哪有一個頭牌的贖金高，老鴇想撈一筆大錢，心裡有些不甘。「可……可是她只是個粗使丫頭，這、這只怕有辱世子身分吶。」

易安不再理她，逕自走向摔坐在地上的青蕪。老鴇還欲說話，易厚從懷裡摸出一錠金元寶，頗為不屑地扔到老鴇懷裡。「我家世子說不想看了。」

「哎哎，不看了，不看了。」老鴇喜不自勝地揣了元寶。「世子請便、請便。」

易安走到青蕪面前，伸出手，示意她起來，而青蕪只是冷冷地望著他。被如此冷落，他也不惱，索性蹲下身去，將自己的視線與她放平。「妳願意跟我回家嗎？」

「這裡就是我家。」女孩聲音天生陰森，令人聽得寒毛微立。平時別人最嫌棄的便是她這一點。

易安細細打量她許久。「妳過得不好，妳若跟我走，以後可以活得很自在。」他生來身分尊貴，何時用過這樣類似討好的語氣與人說話？易厚好奇地打量著青蕪，沒覺得這女孩有什麼特別之處，只除了一身過於陰冷的氣息。易厚很是不解，莫不是世子好這一口？

女孩扭開頭。「我不想跟你走，我不喜歡你。」此話一出，別說在後面咬金子的老鴇嚇得面如土色，便是易厚也狠狠驚了一驚。世子自小脾氣便不大好，如今……這女孩怕是活不成了。

易安怔了一怔，他覺得自己被一個青樓的粗使丫頭如此嫌棄，該是要生很大的氣才對，但是他心中偏生還有個聲音在說：「沒錯，她應該討厭你，你沒資格生氣。」

他沉默半晌，道：「以後，妳會喜歡我的。」

「不會。」

青蕪語氣中的決絕讓易安面色一沉。

此前被易厚打翻在一邊的青靈看見易安的神色，嚇得面色慘白，渾身抖得像是篩子一般。

「妳會。」見青蕪又要反對他，易安索性搶話道：「既然妳不願意跟我走，那我便住下來就是。我跟妳走。」

青蕪心中驚駭。

老鴇嚇得腳下一個踉蹌，她哭喪了臉，哀哀苦叫。這樣的話要是教世子他爹靖安王爺知道了，她這風月閣就別想再開了。

易厚也吃驚得閉不攏嘴。「世子……此事只怕是不妥。」

「妥。」他冷冷斜了易厚一眼，又看著老鴇道：「她住哪兒？」

老鴇哪裡敢答，支吾著：「住……住哪兒，我也不知道。」

「世子！」易厚心底著急，但也知道這個主子脾氣倔，一旦說定了要做什麼便是真的要去做了。他不敢硬碰硬，便只能轉了個方向道：「世子如今尚未行冠禮，若要出府住，還得經過王爺同意，我們今日……」

「今日便住這兒。」

易厚默默地掉了下巴。

「你回去與我父王說。」易安頓了頓，脣邊有絲罕見的淺笑。「我孩子的娘，找到了。」

青蕪冷眼看他，其餘的人都默默掉了下巴。

「我不喜歡你。」

「沒關係，以後會喜歡的。」他輕輕說著，好似聽見夜風之中一個女子在幽幽呢喃。

「下一世，等我喝過孟婆湯，走過奈何橋，忘卻所有，你再來找我吧。我們重新來過。」

這一次我來尋妳，以後換我來對妳好，讓我許妳一世安好。

我們，從最初之時再開始。

司命

番外四

攜手

【一】

長淵又作夢了。

夢裡還是那片白色絨花漫天飛舞的林間，爾笙還是當年的模樣，她停在他的記憶中，在永遠不會衰老的那個瞬間。

那時的爾笙目光含淚、面帶哀戚，脣角卻揚著幾分似笑非笑的弧度。漆黑的眼瞳裡，全是他的身影。

「長淵，你且殺了我吧。我沒辦法陪你走盡千山萬水了……對不起。」

她開口說著，聲音沙啞，猶如鈍刀，磨著他心尖上最柔軟的肉。

一下又一下，他在那時幾乎快鬆開手上漆黑的一鱗劍了；但下一瞬間，在爾笙面露狠色向他殺來的那一瞬間，他抬起手臂，毫不猶豫地用這把像他們定情信物一樣的劍，刺穿了爾笙的心房。

鮮血飛濺，溫熱得如同三月暖陽，但落在他皮膚上，卻讓他覺得刺骨的痛。

他將懷中脫力的身體抱住，讓她躺在自己懷裡，聽著耳邊詛咒一般的聲音在盤旋徘徊——

「此一劍後，人世再無爾笙，神龍長淵……你心可還能安？」

長淵一身冷汗，猛地驚醒。

他目光有幾分失神地看著熟悉得不能再熟悉的房梁、屋頂。

身邊的司命動了動，她沒睜眼，卻熟門熟路地伸出手來，將他抱住。

她溫熱的體溫猶如夢中的鮮血，能灼痛他的皮膚。

「作惡夢了？」司命問他。

長淵沒說話，只是側過身去，將司命抱進懷裡，把她緊緊圈住，切實地感受到她的存在，方才能讓他安心幾分。

司命被長淵懷抱的力度勒得清醒過來，她在長淵懷裡蹭了蹭，蹭出了個腦袋，一摸長淵的額頭，盡是冷汗。

夫妻多年，不用問，司命也猜到了，這條大笨龍一定又是夢到他殺掉她的那個畫面了。

司命本以為時間能抹去一切，但這麼多年了，長淵還是時不時地能夢到這些過往。可想而知，這事對當時的他來說，是個多麼痛苦的決定。

司命寬慰地拍了拍他的背，任由長淵找到安全感的同時，她心裡也在琢磨：如果時間這劑藥治不好他這塊心病，那就讓她來吧，給這條大笨龍下一記猛藥，比如說……

將他的記憶刷新刷新。

【二】

司命在長淵懷裡琢磨了一晚上，最後她決定，重現當年的場景……自然，不是長淵殺了她的場景。

司命分析認為，長淵之所以把這一幕記得這麼深刻，除了他親手殺她這個動作以外，那還是長淵與身為「爾笙」的她，最後一次見面的場景。那是「死別」，是無法抹去的痛苦。

而現在，無法抹去這個痛苦，那她就覆蓋它。作為司命，她覆蓋不了，那她就打扮成爾笙，去覆蓋一次好了。

讓長淵再見一次爾笙，而這一次，她不會在長淵懷裡死去。

做了這個決定，司命很快就行動了起來，但她卻發現，身為人婦數十年，孩子生了好幾個，陡然間讓她回到十八歲的少女年華，這件事……竟然有些困難。

容貌雖然無甚變化，但這些年在萬天之墟裡，生活舒適安逸，司命臉上、肚子上都胖了一圈。長淵自是從不嫌棄，還認為她胖得極好，孩子們自然也不會說什麼。司命也沒覺得有什麼不妥，可現在陡然要扮作十八歲的少女……

司命對著鏡子捏了捏自己肚子上的肉。

「得減減肉呀……」她呢喃著，又捏了捏臉頰。「臉上也得瘦一瘦。」

「為何？」長淵拿著一籃子漿果走到司命身邊。這正是萬天之墟的春末時節，漿果最是鮮甜，司命往來最喜歡吃這些入口爆漿的果子。在這個時節，長淵便會替她多採摘一些。

長淵將果子遞給司命。「我認為妳這般正正好。」

司命看了看長淵手裡的果子，嚥了口唾沫，又抬頭看了看長淵的臉。昨日夜裡摸到的冷汗猶似還在她掌中……

司命搖了搖頭。「今日不吃了。」她捂住眼，轉身走開，嘴裡碎碎唸叨著。「吃不得，吃不得。」

長淵一愣，看著司命的背影，又看了看手裡的果子，有些憂心地皺了皺眉頭。

司命坐去書桌前，她拿著筆，在桌前坐了許久。這萬事萬物，都在生死之間，她可以創造生死，但是……生死之間的胖瘦，她好像管不了它……

她能畫出一個與爾笙模樣差不多的女子，卻沒辦法將自己畫瘦……自然，她也不會畫個與爾笙一樣的女子出來，給自己添堵。想了半天，她還是只能邁開腿，管住嘴。

術法雖然可以短暫地將她的容貌變回那時，但在對於長淵的事情上，司命總是想要盡心盡力、盡善盡美。

這肥還是得靠自己減！

【三】

司命……不吃飯了。

這讓長淵不由得愁了起來。

其實若要認真論起來，司命也是可以不用吃飯的，左右死不了。但這麼多年，司命總喜歡吃點兒他做的東西，每次看著司命一臉幸福地吃著他做的食物，長淵都能感到打從心底的暖意湧上來。

但現在……

她不吃了。

煮的麵條不吃了，長淵不肯服輸地去煮了餃子，但司命依舊搖頭說不吃，轉頭啃了一把草，牙齒咯吱咯吱地磨著。長淵盯著那把草，眼神薄涼，彷彿盯著一個仇人。

後來每日裡，長淵時不時清蒸一條魚、紅燒一頓牛肉、薑爆一隻仔鴨，香氣傳了七、八里，誘得山那頭的小精小怪們都想過來蹭口吃的。

長生、長命也回家蹲著不走了，就守一口吃的。

但司命就是咬牙忍著，一口沒動，但凡他做了吃的，她就轉頭啃草，也不知道那些草到底是哪來的仙草、魔草！

實在是氣煞人！

司命也覺得很氣。

這大笨龍，以前沒見做飯這麼積極，怎麼一到她想要減肥的時候，就想方設法地做吃的。這之前怎麼就沒看出來他手藝這麼好呢！

那些香氣成日成夜地折磨著她，讓她夢裡都是一道道菜在腦門上繞。

她本來可以不吃東西的，但都怪這些菜，饞得她沒日沒夜地啃草解饞。

司命覺得，她得找長淵談談了。

讓他過了這段時間，再慢慢展現他的手藝。

翌日在長淵又黑著臉踏入廚房的時候，司命也一溜煙地跟進去，她一把抱住準備做飯的長淵。

長淵一愣，心頭正是一軟，司命在他懷裡蹭了蹭，忽然道：「長淵，今日咱們辟穀，一起吃草吧！」

長淵黑著臉就把鍋砸了。

司命嚇了一跳。

長淵盯著她。「這誰給妳的草？」

「我……我畫的呀。」

「妳日日畫草來吃，是為何？」

司命本想給長淵一個驚喜，一直瞞著沒說，這突然被問到了，她沉默了半晌，又垂頭捏了捏自己小了半圈的肚子，心裡琢磨著，半成品也就半成品吧……

她把長淵拉出灶房，牽著他出了門。

門口已經蹲了一排候吃食的小精怪們，司命將他們都攆走了，又把長淵牽到房子後的小樹林裡。

她拿手絹替長淵捂住了眼，讓他靠著樹坐下。

「你等我片刻，不許摘。」

長淵不知她要做什麼，但還是完全信任地任由她折騰。

「等我啊！」

司命的腳步跑遠，長淵就在樹下坐著，聽著暖風劃過，鳥鳴悅耳。

這個世界的一切都是司命創造出來的，但她已經還了一個盡量真實的世界給他，一切都有了自己的規律與秩序。在山林間，長淵的心便也慢慢靜了下來。

想想也是好笑，這麼多年，無風無波，平淡靜謐的生活，竟然讓他連一株草的醋……也開始吃起來了。

「長淵！」

遠遠的，傳來了司命的聲音。

「摘下來吧！」

她言詞中帶著雀躍，長淵將臉上的手絹摘下，隨後，他的目光慢慢睜大。

日光之下，暖風之中，司命穿著當年無方山的那身衣裳，做當年的打扮，遙遙地站在那方，望著他輕笑。

這一瞬，時光蹁躚，好似是那村後第一次見到爾笙的那一面，又好似是最後一次見到爾笙的那一面，兜兜轉轉，卻又回到了最初的最初。在那還是萬籟俱寂的萬天之墟中，她如光如亮，如最初與最後的希望一般，來到他的世界中。

照亮他生命的每一個縫隙與角落。

長淵的眼瞳好似被她點亮，直到司命走到他跟前，他也未有任何動作。

「怎麼樣？」

長淵望著她，忘了說話。

「臉上肉還是太多了。」司命有些感慨。「當年怎麼就那麼瘦呢？這歲月流年，難不成是豬飼料嗎？」

難怪……要吃草……

長淵這才明白過來司命這些日子以來的折騰，他垂頭一笑，笑司命的話，也笑自己的笨。但笑到末了，他握住司命的手，將她輕輕拉入自己懷裡。「一樣。」他輕聲呢喃：「與當年還是……一模一樣。」

一樣令他震撼動容，一樣讓他刻骨銘心，一樣令他難掩情深。

世事流年，也難改情意繾綣。

【四】

司命開始吃飯了，長淵做的每一道菜，她都吃得津津有味。

長淵偶爾也會繼續作著過去的夢。

他會夢見殺掉爾笙的那一刻，隨後在一轉身的瞬間，卻會看見司命站在不遠處，遙遙地望著他笑。

「大笨龍，我還在你身邊呢。怕什麼。」

萬幸，她還在他身邊，無風雨可懼，有歲月回首。

這一生，恰是時。

全書完

司命

司命

司命 下

作　　者／九鷺非香
執 行 長／陳君平
榮譽發行人／黃鎮隆
協　　理／洪琇菁
總 編 輯／陳昭燕
美術監製／沙雲佩
美術編輯／陳姿學
國際版權／高子甯、賴瑜妗
文字校對／朱瑩倫、施亞蒨
內文排版／謝青秀

國家圖書館出版品預行編目資料

司命 / 九鷺非香作 . -- 1 版 . -- 臺北市 : 城邦文化事業股份有限公司尖端出版 : 英屬蓋曼群島商家庭傳媒股份有限公司城邦分公司尖端出版發行 , 2024.06
冊 ;　公分
ISBN 978-626-377-816-0（下冊 : 平裝）

857.9　　113003764

出版／城邦文化事業股份有限公司　尖端出版
臺北市南港區昆陽街 16 號 8 樓
電話：（02）2500-7600　傳真：（02）2500-2683
讀者服務信箱：7novels@mail2.spp.com.tw
發行／英屬蓋曼群島商家庭傳媒股份有限公司城邦分公司　尖端出版
臺北市南港區昆陽街 16 號 8 樓
電話：（02）2500-7600　傳真：（02）2500-1979
劃撥專線：（03）312-4212
戶名：英屬蓋曼群島商家庭傳媒（股）公司城邦分公司
劃撥帳號：50003021
※ 劃撥金額未滿 500 元，請加付掛號郵資 50 元
法律顧問／王子文律師　元禾法律事務所　台北市羅斯福路三段 37 號 15 樓

台灣地區總經銷／中彰投以北（含宜花東）　楨彥有限公司
電話：（02）8919-3369　傳真：（02）8914-5524
雲嘉以南　威信圖書有限公司
（嘉義公司）電話：（05）233-3852　傳真：（05）233-3863
（高雄公司）電話：（07）373-0079　傳真：（07）373-0087
馬新地區總經銷／城邦（馬新）出版集團 Cite（M）Sdn Bhd
電話：603-9057-8822　傳真：603-9057-6622
E-mail：cite@cite.com.my
香港地區總經銷／城邦（香港）出版集團 Cite（H.K.）Publishing Group Limited
電話：852-2508-6231　傳真：852-2578-9337
E-mail：hkcite@biznetvigator.com

版　次／ 2024 年 6 月 1 版 1 刷　Printed in Taiwan